笑忘生死

Dr.May Miao

目錄

自序

我不是樂觀的人。我相信一切深刻的靈魂都蘊藏着悲觀，我也相信悲觀更加接近真實的人生。而倪匡先生也是一個悲觀的人，他是一個樂觀的悲觀者。倪匡先生有一個執著：要哈哈哈哈過每一天。因為他的「執著」有悲觀墊底，所以基本上是一種超脱。

我相信我的靈魂是帶著一個目的來到世界：學習擁抱一切。那個容易焦慮卻又驕傲的我，總是希望有一個安樂、穩定、富裕的人生。我害怕不確定性，我經常抱怨困難挑戰。

五十而知天命，在我身上的確發生了。我開始看一切，無論順或逆，都是上天最好的安排：宇宙用大智慧和愛令我得以成長。

我不再去跟別人比較，去爭勝負，而是開放自己；我不再去戰勝，而是擁抱一切。

我從倪匡先生身上看到樂天知命的智慧，他是那麼自由灑脱、充滿安全感地呈現自己，分享他自身生命豐富的多樣性。

網上流傳的一番話：

我站在一樓，有人罵我，我很生氣。

我站在十樓，有人罵我，我聽不清楚！

我以為他在和我打招呼。

我站在 100 樓，有人罵我，放眼望去，只有風景。

人之所以痛苦，是因為高度不夠，

格局太小，糾結於雞毛蒜皮的事。

放大格局，你的人生不可思議。

在這紛亂喧鬧的世界，人心惶惶，前途茫茫……

倪匡先生用他身為外星人的眼光和格局去看現世，用他在地球的一生去説話：那是用愛和創造力去面對生命中的一切，然後哈哈哈哈！

愛上倪匡

說實話，一直以來，我沒有怎樣留意倪匡先生，他大部分的著作也沒有看過，之前我對他最深刻的印象，是他在1986年任亞洲小姐選美大賽司儀時，瘋狂地稱讚利智小姐：

「利智小姐人如其名，是半世紀難得一見的美女，簡直是傾國傾城！」

對於倪匡的說法，真是見仁見智。

慚愧的是，我是在倪匡先生2022年逝世之後，才瘋狂地追看有關他的所有報導和影片，廣泛閱讀倪匡先生的著作，也閱讀和他有關的書籍，如王琤、蔡瀾、已故的江迅先生和沈西城先生對倪匡先生的回憶和傳記。

或許我一直是喜愛他的，只是要待他人已逝去，我才體會到那種「失去」。

記得周慧敏在2006年5月30日的演唱會上，約在晚上九時，她在台上認真地宣布，要介紹一個特別朋友，原來就是倪匡先生，那天剛巧是他的生日。

「今日是一位朋友的大日子，就是倪匡先生生日。」周慧敏說。

台下的倪匡站起來，他穿著中式棗紅色的短襖，全場報以掌聲。

周慧敏又說：「老竇，生日快樂！」周小姐情不自禁地擁抱倪匡，親吻其臉孔，並獻上一束鮮花給「老竇」，之後再與全場觀眾合唱生日歌，逗得倪匡笑不攏嘴。

「老竇，你今年幾多歲！」周慧敏問。

「71！」倪匡先生用半鹹半淡的廣東話回答。

「你睇！老竇幾精靈！」周慧敏說。

我看到觀眾席上的倪匡先生，圓圓的臉，極像我小兒BB時一樣，圓碌碌像個「發水麵包」，笑起來雙眼瞇成一線。其實我特別留意倪先生的「蒜頭鼻」，因為長著蒜頭鼻給人的印象，有點憨厚和愚鈍，但在相學來說，蒜頭鼻的人心地善良，品性溫和，什麼事都不願與人爭，所以倪匡儘管脾氣不好，說話語調急促，但他不賭不吹：「賭有輸贏，我不愛跟人競爭！」

蒜頭鼻男生的另一特色，就是為人務實勤懇：儘管倪匡一副玩世不恭的樣子，他每天都筆耕不絕。在其創作生涯高峰時，倪匡先生自稱「自有人類以來漢字寫得最多的人，速度之快，世界第一」，曾連續七、八年每日寫20,000多字，寫作速度最高記錄是1小時4,500字，最慢1小時也有2,500字！所以儘管倪先生飲得醉醺醺，嫖到天昏地暗，他從不拖稿或欠稿，甚至寫完後還故意擱幾日再交稿，果然厲害！相書上說蒜頭鼻的人能夠在中年時期發家暴富，倪匡雖說不上是鉅富，但是是香港少數能靠爬格子過著極好生活的作家，加上有賢妻李果珍投資有道，所以晚年不愁金錢，衣食無憂。

相書又說，有蒜頭鼻的男生多半不拘小節，「天塌下來當被冚」，是名副其實的樂天主義者。「唔知點解，我很喜歡笑，見到好笑的事會笑，見到不好笑的事想想也有可笑之處又會笑，你睇下幾開心。」倪匡說。他半鹹半淡、邊笑邊說話的音容，不時在我腦海出現。我相信跟他相處一定非常愉快。

自己童年時跟老竇關係不好：基本沒有培養什麼感情，最甜密的一幕是他晚上由教會回家時，給孩子買雪糕甜筒。還有就是在過農曆新年前，全家一起圍在摺枱上摺疊福音單張，一起唱聖詩。不過在大部分時間，老竇在我心目中好像不存在一樣。屈指一算，他已經過世多年。

最近，倪匡成為我心目中的「精神老竇」。

周慧敏說過，她的公公、婆婆是很特別的長者，不但身份特殊，個性也很開明、別樹一格，他們不按常規地待人處事，常常懷有一顆「赤子之心」。

「他們不會對我們要求太多，或干預我們的生活，大家一起相處自然，不需技巧，做自己就好。

「老竇是一個樂活的人，無論看待任何人、事、物總能找到讚美的角度，永遠覺得某個人很有趣，或某件事情很開心。

「他有辦法讓人生活得很快樂！他的樂活的精神，也讓我變得很正面」。周慧敏說。

倪匡先生充分活出赤子之情。

赤子之心就是孩提時代的那種純真，是一種氣場、是一種直覺、一種本能。嬰兒的眼睛天生清澈明亮，對世界懷有好奇、率真、勇氣和能量。然而大多數人隨著時間、經歷、磨煉和困頓之後，心被蒙蔽了，我們逐漸失去這赤子之心。

真正的「高人」，不但會將其守護，並且「更新變化、擴而充之」，自我修行。所以「赤子之心」是富有活力和彈性的一個狀態，是一個不斷包容、吸收、豐富、整合的過程。

我在醫管局工作了超過二十年，私人執業超過十年，我經常問自己幾個問題：

1. 我做醫生的初心是什麼？我會不會把醫術淪為賺錢工具，成為一個「醫匠」、甚至「醫棍」？

2. 袁國勇教授說，以前醫學生上病房時，男生打領帶，女生穿裙子。因為在照鏡子打領帶時，整理裙子時，你提醒自己要以最佳狀態去面對病人。我每天工作前有準備好自己的心志和狀態嗎？

3. 我如何能營運得當，但又不以金錢掛帥，而以病人利益為最優先考量？

4. 我今年接近六十，就快可享用「綠悠咭」，生命應該是走下山的階段了。若是幸運，我可以活多二十個寒暑，我想自己成就一個怎樣的人生？

5. 餘下的日子，有些什麼事情我要堅持，有些什麼我要放下？

我嘗試從倪匡的角度去回應這些問題：

1. 做醫生當然是要好好去醫治病人，其他一切都是其次。苗醫生，做人也不可以懶清高，畢竟金錢也是重要的，燈油火蠟都出於自家口袋，家中雖然公一份、婆一份，但衣食住行、柴米油鹽醬醋茶，生活是現實的。

你看，我就懂得為自己爭取合理稿費！就算老闆是金庸先生這種數口精，又把錢袋索得緊緊的大人物，我也能施展渾身解數，要求他加稿費，雖然最後都加得不多，但好歹也有百分之五。

2. 苗醫生，這個問題我不曉得答。因為我一坐下就寫，我只是把腦袋中的場景一一寫下，不論清醒或宿醉也是如此。

好了，倪匡先生，我有在這方面下功夫，我每天都早起做運動（主要是瑜伽），加上十分鐘的靜坐冥想，祈禱把一天的工作交託上主，把每一個遇到的人，都是上主最好的安排。

我經常記起聖經的金句：「日子如何、力量也必如何！」

「我的軛是容易的、我的擔是輕省的！」

「你要在世上做鹽做光！」

我不贊成倪匡先生懶做運動，事實上，運動對身體和精神健康帶來好處多不勝數。我都是靠瑜伽減壓、治好我的坐骨神經。做完運動，靜坐後，我就能以最好的狀態去見每一個今世有緣份遇上的人。

身體精神健康，是成功之本。倪匡先生的基因好，為人樂觀，但我不是，若我沒有瑜伽和冥想，一定會又抑鬱又焦慮。

3. 苗醫生，這條題目我覺得很容易答，對我來說簡直不是問題。我把自己一半收入全交給我的賢妻李果珍女士，其他我就盡情吃喝玩樂。至於我的開支只是稿紙和筆，還有我寶貝的時間。

對於這問題，坦白說，我也不知是否一個問題。回想 2011 年出來執業時，是和一個夥伴一起的，什麼事情都是他拿主意，初初覺得很舒服，之後覺得對方對我專制橫蠻。當初說什麼醫療理想，到最後還是為了金錢反目，所以不夠一年大家因意見不合而分手。

我的丈夫看到我日漸消瘦，他和我嫂嫂趕快替我找到新的診所，很短時間內就令診所順利運作。

這段期間，我只是渾渾噩噩地過日子，事情好像是水到渠成一樣。

在這點上，我衷心感謝家人的幫忙和支持。

我的嫂嫂是姜糖。一直為我的診所做「義工」，什麼人事、會計、報稅等也是一腳踢。她也是第一個把姜濤介紹給我的人。

我能把 90% 的精神時間放在看症和寫作方面，家人和同事功不可抹。

4. 倪匡先生一定會對我說：自己想怎樣就怎樣好了。可能倪匡先生少年時代經歷過太多顛沛流離，享樂荒唐的階段，現在反而很珍惜歲月靜好的日子，跟老妻過過著自得其樂的生活。

人在世間只是滄海一粟，生命由幾歲到一百歲，在宇宙來說，都只是彈指之間。每一天活得真誠就夠了，我不像倪匡先生那樣無為，我為人比較有目的性。人一生，不是立業，就是要立言、立德。

我應該是零機會能夠立業立德，我只希望在之後歲月，能把生命感悟寫下，也許在寫作方面貢獻少少心力，寫一些中文的精神醫學科普書，令人不用在支離散亂、以偏概全兼海量的網絡資訊中浮沉，甚至被誤導、淹沒。我希望能夠讓一般人獲得由淺入深的精神心理醫學知識，令到大家減少對精神疾病的標籤，導致諱疾忌醫。

當然，我的著作一定不會像經典著作一樣，能用文字打敗時間。我只是飛鴻踏雪泥的來過世間一遍。

人生到處知何似，恰似飛鴻踏雪泥；

泥上偶然留指爪，鴻飛那復計東西。（蘇東坡）

所以我對自己說：「不要緊的，留下泥印也夠了。」

5. 倪匡一定會說，人生根本不用堅持什麼，死了什麼都要放下。

至於我，能夠堅持的是運動和冥想的好習慣，還有面對內心貪嗔癡慢疑（我有很多嗔和慢，而我相信任何人總會有一定程度的貪心、無明、愚痴），提醒自己時刻保持反省謙遜，對人儘可能懷著善良真誠的態度。

不少病人都害怕老、病、死！「你有沒有想過到了九十歲後，你會怎麼樣？」我問。

「我很怕去想，我怕生病和死亡。」很多人對我說。

「你其實不用害怕這些。」我對他們說。

「為什麼？」他們說。

「因為這是百分之百確定的事。」我說。

既然始終有這一個階段，那就學習對生命臣服。

每當我想到自己要「下山」時，不期然把每天當成可能最後一天，這種心態令我感到就是平常不過的事情，也不是理所當然的。

倪匡在去世前的幾年，經常說自己朝不保夕。

一個人倘若能夠活得充實，如倪匡先生那樣，死又有何懼？

「The antidote for death anxiety is a life well lived.」Irvin Yalom

「死亡焦慮最好的解毒劑，是過上充實美好的生活。」艾隆醫師。

本書的內容，將會針對醫學心理的一個重要題目：如何對抗生活中的各種壓力和焦慮，以保持身心健康愉悅，擊退抑鬱，積極樂觀面對挑戰，像老頑童倪匡那樣，一切煩惱之事哈哈哈了。

再談命運

倪匡是極其相信命運的人，年輕時還會豪言壯語「人定勝天」，老來回頭一看，明白了很多事無論成敗，很大部份由命運主宰。

命運主要由兩個因素決定：環境和性格。倪匡在共產政權的中國成長，有一天百無聊賴，一陣風吹過，令他留意到一則通告，是招募「革命大學」的學員。他在「畢業」後當上了公安幹部，但沒有加入共產黨。

環境限定了個人遭遇的可能範圍，那時的倪匡不得不跟大隊去鬥地主，但他的性格卻令他在隊中得罪了上級。倪匡因為愛笑，愛據理力爭，還貪玩弄跛了一隻母狼，更放了一隻狗去跟狼交配，生下了五隻見人就咬的狼狗。

很不幸，隊長巡查倪匡匿藏狼狗的房間時，給狼狗咬傷了，此外，因缺乏燃料，他與同伴拆下一條簡陋小木橋來生火取暖，結果被勞改大隊書記指為「破壞交通」，罪名為反革命。倪匡被關在小木屋中隔離，等待工作小組審查。後來倪匡得朋友幫助，在內蒙古騎著一匹瘦馬逃亡，其時下了一場大雪，四周白茫茫一片，他迷了路。倪匡本來一心北上到外蒙，把自己的檔案燒毀，娶一個蒙古女子為妻，過上新生活，怎料到那匹「識途老馬」卻帶著他南下，先到了一戶鄉下人家，接著老馬領他到了火車站。就是這樣倪匡輾轉來到上海，之後他走了三個月路，一路上跟人家乞食，甚至以老鼠、螞蟻和棉花充饑，才去到廣州。

之後幾經艱辛，終於逃離中國大陸，於1957年7月成功偷渡到香港。

以上這一切都不得不承認命運神奇的力量。

倪匡天性樂觀，又愛看書，這些都決定了他對遭遇的獨特反應方式。倪匡為了糊口，來到香港之後，做過不少體力勞動的苦工，甚至在地盤做碎石工人。

不同人對事物有不同的反應方式，令到就算是相同的遭遇也有了不同的意義，形成了本質上不同的遭遇。

「我一來到香港，就躺在新建成的維多利亞公園睡著了，差不多到了公園關門才回家。

「我終於聞到了自由的空氣！」

倪匡性格雖然貪玩，但愛看書，什麼雜書都愛。「我不喜歡競爭，所以我不玩分勝負的遊戲！」

有一句名言：「性格即命運」。不過要知道人是不能決定自己的天性氣質的，什麼性格也是命運的安排。

性格就是性格，種類不同，不過人卻可以對自己的性格善加使用，建立美好品格，人能運用自由意志去「使用」自己的性格特質。

至於人如何做決定，如何「使用」，當中是牽涉自由意志，還是命運安排？因為倪匡愛看書，他認為自己可以投稿。他第一篇文章〈活埋〉就是在工商日報上發表。

後來他向《真報》投稿，得到總編輯陸海安的賞識，請他做校對，倪匡晚上就睡在辦公桌上。

由於當時《真報》的經濟情況不大好，往往未能準時出糧，倪匡的生活仍然不能穩定下來。

一個偶然機會下，因為台灣作家司馬翎的武術小說脫了稿，倪匡自動請纓續寫下去。續寫完司馬翎的武俠小說以後，倪匡在真報以「岳川」筆名寫自己的武俠小說。

倪匡轉寫武俠小說，得到了兩位出版界巨頭的賞識。一位是環球出版社的老闆羅斌，當時他的《藍皮書》雜誌，有上海作家小平寫女俠故事，而他年事已高，羅斌急於物色新作家寫同類型的小說，於是就找來倪匡。倪匡當然不負所託，他寫的《女黑俠木蘭花》，一紙風行，青出於藍，後來還拍成電影，捧紅了陳寶珠。

另一位倪匡的伯樂是《明報》老闆金庸，他不但把倪匡的武俠小說搬到《明報》刊登，還在自己出國公幹兩個月期間，請倪匡代筆，續寫他的《天龍八部》。

這一切不是命運，又是什麼？

*　　*　　*

之後，倪匡被邀為電影公司編寫劇本；他一生寫了四百個劇本，三百部小說，而他的科幻小說膾炙人口。倪匡被陶傑稱為七十年來最清晰的頭腦，被蔡瀾稱他為「外星人」。

我傾向認為，一個人的悟性是天生的，是天命，有就是有，沒有就是沒有，它可以被喚醒，即所謂「開竅」，但無法被外界「洗腦」，打通「任督二脈」。

人是有不同的「種」。我媽媽生前經常說：「好樹生好果」。當然，「種」也要有運氣。像姜濤，他即使有歌舞表演的天賦和熱情，若碰不到機會，也未必能夠成這為今日的姜濤。姜生獲得了「全民造星」這個機遇，成就了「天皇巨星」，不少人也是如此，天賦碰上機緣，成為了大文豪、大政治家、大軍事家、大企業家等等。

不過就算是有天賦，許多人還是默默無聞地度過了一生。例如在很多回教國家，在無數沒有機會受教育的女孩子之中，總有一些極好的讀書種子，遭到了環境的扼殺。

智力可以來自祖先的遺傳，知識可以來自前人的積累。但是，有一種靈悟，其來源與祖先和前人無關。我看到倪匡有這種靈悟，被陶傑稱為70年來頭腦最清醒的一個人。

這種靈悟，可是直接來自宇宙的根和核心。

*　*　*

一命二運三風水，命是宇宙中神秘的力量，但運卻不是無跡可尋的。

Richard Wiseman 是英國知名心理學家，他在 2013 年出版了《The Luck Factor》一書，證明了「運氣真的存在」。

Wiseman 招募了一些自認為運氣好及運氣不好的測試者，安排他們去咖啡店買杯咖啡。Wiseman 暗中在前往咖啡店的途中，放了剛好買到一杯咖啡的金錢；另外，他安排了一名在等待喝咖啡的咖啡商人。結果那些自認為幸運兒的真的發現了錢，還跟等咖啡的商人聊起天來了，反觀另一組則對這些全不覺察，只是專注在買咖啡上。

Wiseman 發現這些幸運兒都有一些相同的生活態度：喜歡與陌生人聊天，對事物保持開放的態度，令他們留意到潛藏在環境的機會。

「為什麼我要正面樂觀？」有人問。

人生的路，樂觀要過，悲觀厭世也是要過，但樂觀令人思緒放鬆，可以以開放的心態面對環境和機遇。

Wiseman 認為，這些幸運兒都善於「發現」，並對環境有積極的互動。他們不只發現金錢，還會和咖啡商人聊天，可能聊出商機。

Wiseman 提供三點建議讓人「催運」。

1. 多參加新活動——多去嘗試新事物，有助打開眼界，增廣見聞。
2. 相信自己的直覺——如果你的直覺是表演那就去吧吧。你的直覺要學打拳，也要勇往向前。
3. 保持樂觀——樂觀令人有行動力，肯去嘗試，並善於在壞事中發現其好的一面，甚至在面對失敗和逆境時也能換位思考，視這些經驗為人生的養分，不會因此一蹶不振！

Wiseman 認為，好運都需要人主動開放，才能「創造、發現機會」，加上勇於行動，那你的運氣就不會太差。

＊　＊　＊

倪匡說好的孩子教不壞，壞的孩子教不好，就是這個意思，他說的可能就是「悟性」和「心性」。

筆者見過一個父母都很有教養的小孩，但他卻是「無惡不作」：說謊、貪婪、發脾氣、操控別人、欺負弟弟、對小動物殘酷……真是不明白小孩子為何是這個樣子。

「小孩子不一定要好，就算不是那麼好又如何，對社會有什麼影響？」倪匡曾經說過。

對於這點，我又不太認同，因為小孩若有行為規範障礙症（conduct disorder），研究指出長大後會形成反社會人格障礙（antisocial personality disorder）。事實上，不少罪犯，甚至連環殺手，都有反社會人格障礙。

＊　＊　＊

每個人一出生，好像已經有一份靈魂計劃書：前生修到一個程度，在來到這世界繼續修下去。或許這就是命運。每個人自出娘胎，不但出於不同的家庭背景，而且在悟性上已經是站在不同起點。

上帝賦予每個人的能力也不盡相同，而且總是令人莞爾。像錢鐘書這個貫通中西文化的才子，數學是不合格的，家務也是由妻子楊絳主理。倪匡寫作頂瓜瓜，但他的方向感極差，左右不分，從來不懂駕駛，由倪太負責接送。

所以我經常對「資優」兒童的父母說：「他們智商很高，但他們的社交、脾氣、生活自理、情商未必優秀，你們切忌過早沾沾自喜。反而要留意他們的全人發展。」

＊　＊　＊

命運確是一種神秘的外在力量，人不能支配命，卻可以選擇自己面對命運的態度。但選擇對待命運的態度是否又是命中注定？不管怎樣，一個人愈是能夠「選擇」自己對於命運的態度，命運對於他的支配力量就愈小。

「醫生，你好強勢！」一個少女跟我說。

「我年輕時比你還要脆弱，我天生很神經質，人又不能受壓，脾氣很差！這是來自我母親的 DNA！

「這些年來，我把這些特質當成『禮物』，『它們』令我更有同理心，在過程中我要學習如何面對『它們』，跟『它們』和平共處。」

＊　＊　＊

倪匡是相信命運的。他是一個很易適應環境和滿足的人。在走難時吃老鼠、螞蟻充飢，來到香港做苦力或在地盤碎石，甚至在《真報》編輯部睡辦公桌的日子裏，他從不會好高鶩遠，他做夢也想不到自巳是寫漢字最多，單靠一枝原子筆成為香港文化界最富足的人之一。

倪匡曾在專欄文章這樣寫：「命運真是奇特，它由無數在不斷變化、毫無規律的因素交織而成。若回過頭來看，就可以發現，當時一個微不足道的因素，都可以使得事情的發展驚天動地，而完全不受任何人主觀願望的控制。」

* * *

記得在2008年，我參加了畢業二十年舊生晚會。

之後的25、30周年聚會，不知何故，我再也沒有興趣出席。

我喜歡約三、五知己吃飯，人數越多，我出席活動的意願就成反比。

眼見昔日的同學走出校門，各奔東西，若干年後重逢，便會發現彼此在做著很不同的事，有住山頂做大老闆的，有住新界普通私人屋苑的政府醫生。

細想一下，各人所走的路大抵有跡可尋，都符合各自的人格類型和性格選擇。

人活世上，第一重要的事是「做人」：懂得自愛自尊自律，學習倪匡先生開墾心靈肥沃的土壤，善用上天恩賜。我相信，豐富的靈魂使我們足以承受得住命運的打擊，也配得上命運的賜予。

能夠這樣，我相信也稱得上做命運的主人了。

英國知名心理學家 Richard Wiseman：How To Increase Your Luck

永恆小孩

我相信每個人一生中，都有活出真性情生活的時代，那便是童年。

幽默大師林語堂童年時生活在廈門的鼓浪嶼。林語堂的爸爸是一位牧師，他小時候整天與山林河流為伴，是一個野孩子。

林語堂曾經說：「一個小孩成長過程沒有接觸大自然，就不曾有過真的童年。」

這樣說，生活在都市的小朋友真的很可憐，住在石屎森林中，各家自掃門前雪。倪匡童年趣事頗多，例如到別人園子採桑葉來餵養蟲寶寶。「那時的人對小孩子是很和善的。」倪匡說。

居住環境的侷促，缺乏睦隣互相幫助，難怪現今社會不論成人和學童的焦慮、抑鬱情況是越來越嚴重。

林語堂一生充滿赤子之心。他的著作銷路極佳，《生活的藝術》、《吾國與吾民》等書在美國長時間佔據暢銷書榜首，到了現在還是經典著作。他在美國是知名學者，暢銷作家，生活過得不錯。但到了最後，他差不多傾家蕩產，負債累累，為的就是要發明一部中文打字機。

若果林語堂缺乏童心，根本不會作出此不符合經濟利益的事。

* * *

我最早的記憶，就是住在一間只能容納一張碌架床和一個煮食爐的小房間。有一天我和姊姊嬉戲，額頭撞到一把木梯，頓時頭破血流。

到了現在我的左眼角上方還有一道傷痕。

不過小孩子是不怕「破相」的，我還是在走廊奔跑，結果撞在一個大水缸上，頭上起了一個大血瘤。

我還記得經常對媽媽說：「你不舒服嗎？不用怕，吃一粒糖就會好番！」

因為愛吃糖果，也把這樣好味的東西視為「靈藥」。

我童年住在鑽石山的石屋，衛生環境惡劣，有一次胸口生了一顆大瘡，去看醫生，要放膿。見到醫生的手術刀，我大叫：「我以後唔敢了！我以後唔敢生瘡。」

現在想起來，不禁莞爾！我以為我是可以控制生瘡或不生瘡。看來我的小時候，充分發揮了內在的「神奇小孩」（magical child）。

＊　＊　＊

天性和童年經歷，形成在我們心中都住著一些「內在小孩」（inner child），一直到我們終老。

內在孩子的概念最初是由心理學家榮格（Carl Jung）在 1940 年提出。「內在小孩」是由我們經歷過所有不論好壞的記憶和情感構成。

畢竟一個小孩來到世上，是很無助，需要依靠照顧者才能生存。

童年時期照顧者（主要是父母）潛移物化地影響我們，形成我們的自我認知、情緒反應、人際關係。這些內隱的對人對事的認知和感受，就形成我們的潛意識，日後對每個人產生各方面的影響。

＊　＊　＊

認識 Eva 時，她是很成功的會計師，年紀輕輕已經考取所有專業資格。

「我已經爆煲了！

「我在公司和家中都在單打獨鬥！每個人都認為我好打得，其實不是的！」

Eva 大哭起來。

號啕大哭的 Eva ，看起來好像一個受盡委屈的孩子。

Eva 的內心，住了一個「受傷小孩」（wounded child）

Eva 生長在一個中產家庭，爸爸經營一間小型的塑膠袋製造廠。Eva 媽媽很多時間都會去公司幫忙。不幸的是，Eva 爸爸很爛賭，竟把身家輸光，還欠下大耳窿一身債。媽媽帶著 Eva 和她的哥哥，為了躲避債主，在一處窮鄉僻壤租住村屋。

媽媽是傳統的女人，教育程度不高，只能做酒樓洗碗工作。

最令 Eva 難過的是，媽媽重男輕女，Eva 把家務全部扛起，哥哥則像大少爺一樣。

「我一定要努力讀書！」Eva 咬緊牙根對自己說。

「自小我就知道只可以靠自己，我還得守護著家人！

「我把大部份工資都給了媽媽，希望她不用幹粗活！」Eva 說。

在 2021 年，哥哥拿了媽媽一生人的積蓄，一聲不吭移民英國。不幸的是，翌年媽媽中風，右半身全癱。Eva 不惜勞苦，把媽媽從醫院接回家，僱了兩個傭人去照顧。

Eva 要工作和照顧媽媽，感到心力交瘁。

「Eva，如果你的眼淚有說話，它想說什麼？」我問她。

「我很想好好照顧身邊的人，但我越來越覺得力不從心！心中也充滿憤怒！

「父母重男輕女，媽媽那麼愛哥哥，現在他究竟身在何處？」Eva 一邊說，不禁涔然淚下！

「你的內心有一個受傷的小孩。

「受傷小孩擁有一顆守護之心，就像是大哥哥、大姊姊般，即便身心歷經千瘡百孔，依然張開雙手，緊緊抱住有需要的人，獨自一人堅強地默默承受苦痛。」我說。

「Eva 你要先好好照顧自己、善待自己。」

＊　＊　＊

史蒂芬妮．史塔爾（Stefanie Stahl）曾經說：一步步去自我探索內在小孩，接受和擁抱他。儘管父母給我們不甚理想的童年，但我們還是最終陪伴自己的人。

探索了解我們住了什麼內在小孩，再去連結我們的內在成人（內在理性），並向內在小孩學習。

好像Eva要向她的受傷小孩學習：超越過去痛苦的遭遇，對自己懷着慈悲心，好好愛自己，因為能夠愛自己才能愛別人，把曾經發生在自己身上的不幸，轉化成守護他人的力量。

＊　＊　＊

心理學家凱若琳（Caroline Myss）藉由「榮格原型概念」，發展出六種內在小孩，讓我們傾聽內在小孩的聲音。

1.「孤單小孩」，他們擁有一顆堅強的心，獨立自主，喜歡獨處。相信自己擁有足夠的力量，無須依靠他人，也2能夠處理日常生活的各種大小事。

好像姜濤，他的內心，就是一個孤單小孩。

「靜下來時，我會看看書，聽聽大自然的聲音，和自己的呼吸聲！

「我懂得和自己做朋友！」姜濤說。

姜濤自我的意識很強，在紛紛擾擾中，他回歸到自己內心的孤單小孩，給自己一個能夠平靜獨處的時間與空間，享受著無拘無束、獨立自由的時刻。

2.「神奇小孩」擁有一顆魔法之心，想法彈性多元，不受傳統框架束縛，能將腐朽化為神奇。他們能夠藉由不同的眼光，看見並欣賞事物的美。

我相信自己內心，就有一個神奇小孩。記得自己小時候，曾經想過只要自己發願，就可以實現夢想。

現在就讓飽經現實衝擊的自己，聆聽自己內心的神奇小孩學習，運用創新的思維，打破舊有的框架和限制，令生活帶來不同的變化。

3.「神聖小孩」擁有一顆良善之心，身上散發著和煦的光芒，心存善念，充滿神性。天真無邪，純真善良，能夠敞開心胸，接納一切事物和觀點。

我以前的下屬陳宇醫生，對人充滿善良和關懷。他現在是一個家庭醫生，性格還是一樣。

讓我們向神聖小孩學習，他們是散發溫暖光芒的小太陽，溫柔地照著周遭的人。

4.「永恆小孩」擁有一顆赤子之心，青春洋溢，活力四射，是個超級愛玩的孩子。能夠將枯燥乏味的事物，轉變成有趣好玩的遊戲，勇於嘗試，不畏失敗。總是精力充沛，擁有源源不絕的能量。

創出美味東坡肉的蘇東坡，想發明中文打字機的林語堂、寫下奇書《不二》的馮唐先生，還有倪匡先生，內心都住著「永恆小孩」。

讓我們向永恆小孩學習，看待事情別太過嚴肅，嘗試用有趣好玩的方式來應對生活，甚至是生老病死，使生活充滿姿采。

5.「自然小孩」擁有一顆溫柔的心，愛護動物，喜愛自然，能和生命友善共存。自然小孩善於傾聽與溫柔陪伴，能用舒服且適合自己的步調，在愜意的環境裡感受生命的美好。

最近到訪一個朋友的農莊，朋友今年五十多歲，把家族生意交給家人處理，自己全心務農。朋友有七十多隻羊，他認識自己養的每隻羊。

讓我們向自然小孩學習，好好傾聽大自然，在當中沐浴，學習接納與自己不同的想法與觀點，不過於在乎他人的眼光，按著自己的步伐前進。

6.「受傷小孩」擁有一顆守護之心，就像是大哥哥、大姊姊般，即便身心經歷了千瘡百孔，依然張開雙手，緊緊抱住比自己「軟弱」的人，獨自一人默默承受艱苦。

上文說的 Eva 就是一個例子。

* * *

孩子是天真爛漫，不會刻意拘束自己。孩子的主要任務就是玩，玩對成長很重要，因為在過程中他們沒有其他目的，純粹為了樂趣。孩子活著就是全然的享受生命，世俗的利害考量他都不會覺察，也不以為意。不過隨著年齡增長，入世越深，世俗的規範和利益的考慮就會愈來愈多，原本純真的孩子就會被社會化，模造成了俗物。

李嗣涔教授也曾說過，大部分孩子小時候都有「天眼」，有用手識字的能力，隨著年齡越大，這能力就會消失。

* * *

倪匡先生的童年，在上海度過，因為一個偶然的機會，去投考革命大學，而分配到蘇北和內蒙工作。

到了蘇州時，因為淘氣愛玩，跟朋友溜到外面，去到一個水池。當時不懂泳術的倪匡一不小心滑到池中，眼見自己九死一生，心中反而泛起一絲絲的平靜。只見周圍都是樹木，綠悠悠一片，他心中只是想：「想不到我今年十九歲，生命就用這個方式落幕！」

幸好他之後抓住管理人員的竹竿，被拉回岸上。

「蘇州風景好美，沒道理不溜出去！」倪匡說。

倪匡之後在蘇北監督勞改人士起壩，他工作所在地在遠古時代應是一片沼澤，所以發現了不少大塊完整的化石，甚至一條活的黃鱔。倪匡回報上級，是否需要暫停挖掘，以待考古鑒定，但他的建議遭上級一口拒絕。聰明的他就把一部份的化石帶走，去到附近的博物館，打算送給地方博物館，但遭到他們拒絕接收，工作人員把他支到上海博物館。

「他們說大的博物館才有辦法去接收我的餽贈！

「我拿著二、三十斤的化石由蘇州坐火車到上海，滿心期待把這些寶貝送到上海博物館。

「不過上海博物館只是說，這種東西我們多的是！我看他們展示的哪夠我的完整。

「我氣不過來，沒道理浪費了我這番折騰，於是我把這些化石賣給中藥店。他們對著這些又大塊又完整的化石嘖嘖稱奇，告訴我說這些東西在中藥叫做龍骨。」倪匡說。

這些化石賣得二十多塊人民幣，可以夠他吃很多餐飯。

從這兩件事，足以看到倪匡的童心。

有好風景那能耐得住不溜出去？有好的發現怎能視若無睹？怎可能把寶貝埋沒？當然要鍥而不捨饋贈給相關人士。

「這些極有可能是遠古時代的生物，恐龍化石！

「現在想起，我真是太蠢了，博物館館長是公務員，做多做少也出同一工資，我原來是給他們在添麻煩！」倪匡說。

倪匡又憶起一件靈異事件：在蘇州時，有一個黑裏泛紅的少婦，時不時在一棵榆樹下，嗓子突然間變得又粗又啞，用一種他們聽不明白的方言在大鬧！

「我對幹部說，這是鬼上身，不是精神病。我被他們認為思想有問題，妖言惑眾！」倪匡說。

結果他被上級說是散播封建迷信思想。

倪匡的直覺、常識判斷力都很好。因為女子的方言，後來證明是出自山東省一個偏僻地方。女子是文盲，絕對沒有可能懂得這些。

這件事讓我想起「皇帝的新衣」，倪匡坦白無機心的說話，沒有太多理會別人的眼光和政治是否正確，就像小孩子說皇帝根本是赤裸裸。

倪匡就是一個「永恆小孩」。

* * *

蔡瀾說，倪匡有不同的時期：

木匠、Hi Fi、養魚、貝殼和情婦……

我覺得還有「老妻」時期。

在今夜不設防這個電視節目中，其中一集倪震是嘉賓，他說到自己兒時的兩件軼事：

「爸爸整天要我走入木箱，看看是否密不透光！

「那時他很喜歡做木工，家中有十幾二十個木箱子。」倪震說。

「唔知點解，那時我很喜歡做木工！

「把你放入箱試試，當然是找你，難道找你姊姊嗎？她可是個女生啊！」倪匡反駁。

至於養魚時期，倪震又說了一件往事：

「我不小心弄傷了自己，掉了一小片肉，在上五寸下五寸位置，誰知道爸爸把它當作食人鯧的小食！

「真令人嘔心，他令到我有創傷後壓力後遺症！」

「一小片肉都剁掉了，我只是善加利用！」頑童倪匡反駁。

倪匡更是貝殼收藏專家，在 1975 年以倪聰的名字與旅港外籍人士雷克路德

（Rick Luther）合著《香港的寶貝和芋螺》（Cowries and Cones of Hong Kong），那本書是倪匡在之前的十多年在香港水域採集到的寶貝及芋螺。倪匡把收藏的貝藏轉化為文字記錄，留下這本珍貴的著作。

資深傳媒人鄭明仁先生，就擁有這本珍貴的絕版書。

鄭明仁先生說：「倪匡曾經坦誠分享他早年有過很多『玩物喪志』的嗜好：養魚、種花、搜集貝殼、木工、烹飪、古典音樂……等等，這些嗜好都是由迷轉癡，由癡變狂。當中之最就是搜集貝殼。」

鄭先生說：「由 1963 年至 1979 年，『集貝』是他最熱衷的業餘活動，雖然是業餘，倪匡說集貝所花的時間、精力，十倍於他寫作的時間。為了追求一枚貝殼，他寧願節衣縮食。」

1981 年 3 月 1 日倪匡在台灣《中國時報》副刊寫過一篇文章，標題是「十年一覺集貝夢」，同一版還連載了金庸的《倚天屠龍記》。

根據鄭先生記載：倪匡在文章中憶述了自己是如何墮入集貝泥淖中，一墮就是 16 年。

「倪匡有一天在香港逛百貨公司，見櫥窗有一盒貝殼，形狀、顏色不一，甚是可愛，就順手買下來。後來他從圖書中發現每一枚貝殼都有它的故事，於是他開始搜羅外國的貝殼圖書和雜誌，書刊的背後印有世界貝殼商的名單，他按圖索驥向這些貝殼商郵購，先是一枚枚的買，後來是整批買。當貝殼愈積愈多，倪匡瘋狂到在住所附近租了一個單位放貝殼。」

那個單位的業主是一位身家豐厚的陳醫生，他因為炒股失利經常唉聲嘆氣。「但他根本是衣食無憂的，好言相勸不果，我唯有對他大聲訓斥。」誰知，陳醫生之後經常在那個單位弄出怪聲來騷擾他寫作。

經年累月，倪匡幾乎集齊所有普通貝殼，於是把目標轉向稀有貝殼，首先向「翁絨螺」進軍。

翁絨螺屬極古之物，有「活化石」之稱，一枚難求。

倪匡當時以寫電影劇本為正業，在香港和台灣已大有名氣，他很豪氣的放話：「誰能替本人找到一枚龍宮翁絨螺者，可交換（本人）絕對用心撰寫之電影劇本一個。」1970年，終於給他在台灣覓得第一枚翁絨螺，之後陸續搜集多幾枚，其時倪匡在貝殼搜集界已很有地位，便和一些同好成立了「香港貝類協會」。

「倪匡聲譽日隆、外地貝殼專家來港，第一個要拜候的自然是他。倪匡搜集珍貴貝殼的慾望無止境，愈踩愈深。」鄭明仁說。

直至有一天好友金庸題字相贈：「舉世貝殼藏家，或雄於資，或為王公貴冑」。一言驚醒夢中人：自己既不是王公貴冑，又不是富甲一方擁有巨資的人，根本沒有條件再沉溺下去。倪匡覺醒後，決定話別這愛好，還把手上6,000多枚貝殼出售。

「倪匡首先在《夏威夷貝殼新聞》登了一則小廣告，說有珍貴貝殼轉讓，各地買家聞訊紛紛上門要貨，有買家在倪匡面前狂簽旅行支票付款。如此這般，十多年間花盡心血收集得來的貝殼，不到半年便賣得八八九九。」鄭明仁說。

至於情婦階段，倪匡坦承在45歲前很多頭「家」，肆無忌憚的遊走於不同女人之間，他形容當時自己生活很糜爛，為的是要反抗社會規範，「一放縱就失控，變成病態，好像性上癮一樣。」

倪太李果珍就「單打」說倪匡過的生活是「雙城記」。只是倪匡到了人生後期，最放不下的就是倪太：「她實在太好了，對我太軟弱了！」

「有一次老婆同我講，我哋有過開心嘅日子，就係我個褲袋得幾蚊嘅時候。其實佢一直都知我去花天酒地，但為咗個家，佢先唔想出聲。所以我決定移民，我想將我之後嘅日子都用來陪佢，就算我剩返最後一口氣，我都想留喺佢身邊。」倪匡說。

倪匡說得出做得到。為了太太不適應美國生活，又返回香港，到了老妻患上認知障礙，倪匡都深愛著太太。「她不停問我今天是星期幾？問了很多遍，直到我答她今天是星期八，她才喃喃自語的說：『明天就是星期九……』」

* * *

我們或許可以把倪匡稱作享樂主義者，不過他的樂，乃是合乎生命之自然樂趣，體現生命之質量和濃厚的快樂。

在一個節目中，他跟肥姐沈殿霞在一夫一妻制的議題上舌劍唇槍。倪匡反對一夫一妻制，因為這樣有違男人是雄性動物這生物性。民國時期的胡適教授，也是提倡一夫一妻制，不過教授說到底也是雄性動物，他在浙江時背著妻子江冬秀與曹誠英如鴛鴦伴侶一樣相宿相棲，後來江冬秀以刀相脅，要殺死子女後自殺。胡適大為受嚇，才不得不結束這段婚外情。倪太不像江秀冬那般強悍，她逆來順受，到了最後，老公寸步不離的守著她。

倪匡在每一件享樂的事情上，好像「撞邪」一樣，付出什麼代價也是值得的，過程本身成就了一種快樂。

倪匡憑真性情而生活，極能顯出他的個性的光彩。

倪匡一生憑真性情生活，活出個「趣」來，就算因此遭衛道人士非議，他都會樂此不疲，從這趣中更見出了真性情！

人的終結都是死，倪匡不怕死，儘管他怕病，但不管怎樣，他都可以開心活著。事實上，一個人只要痛快淋漓地生活過，就是老來百病叢生，朝不保夕，都稱得上幸福了。對於一個洋溢著生命熱情的人來說，幸福就是窮盡人生在順境逆境中各種可能性。

我一直覺得，樂極生悲不足悲，最可悲的是從來不曾跌過痛過樂過。

早前我的舊上司過世了，終年65歲。消息傳來，我心中一陣黯然。我對他為人一向有點不敢認同：他一生人官運亨通，年紀輕輕就當上部門主管，有權力而沒有責任。他是一個謹小慎微的人，為人也比較自我。他後來染上癌病，醫生為了把他的病治好，實行「焦土政策」，進行化療電療。最後他的癌症是醫好了，之後卻死於治療過程的副作用。

他直至退休都是政府醫生，在工作上一輩子順順利利，收入豐厚、工作也稱得上穩穩當當，因為懂得明哲保身，一輩子無風無浪，但也平平淡淡，我覺得像他那樣子，有點白活了一場。

上司的一生，就是要儘可能避免任何不確定性和損失，弔詭的是，不肯冒險和承擔的人，結果會損失得更多。

聖經說：「你要得到生命，先要失去生命！一粒麥子若不死，是能生出許多子粒來。」

倪匡是個充滿生命熱情的人，他做什麼事一旦愛上了，都是興致勃勃，發了狂不要命似的。愛看書、愛木工、愛養魚、愛貝殼、愛情婦、愛老妻。對於膾炙人口的寫作，他卻說這只是「老天爺賞飯吃」的謀生能力。倪匡對其他愛好都好像「值得要死要活一番」。倪匡真是癖癖皆痴、癖癖皆癖！

關於癖，明末大才子袁中朗說過一句極中肯的話：「余觀世上語言無味面目可憎之人，皆無癖之人耳。若真有所癖，將沈湎酣溺，性命死生以之，何暇及錢奴宦賈之事。」

無癖者、無情也！

對於有癖之人，哪怕有的是怪癖惡癖，好像倪匡的「青樓之癖」，終歸還是保留著自己的真興趣真熱情，比起那班追逐名利、攀附權貴的俗物更像是一個活人。當然，所謂癖，是真正著迷，如痴如狂、全心全意、死活不顧。例如英國國王愛德華八世（Edward VIII），他為了迎娶離過婚的美國女子為妻，在登基不到一年就放棄了王位，成為「溫莎公爵」。他才配得上「不愛江山愛美人」，反觀現今的哈里皇子，又要「抽皇室的水」，得到皇室的特權，又要生活上無拘自由，這樣不肯作半點犧牲的平庸投機之輩，根本是不夠格說「不愛江山愛美人」！

所以，與其貪圖活得舒服富貴，不如爭取活得痛快。正如宋代臨濟宗楊岐派得道高僧惠開所說：「人生不得行胸臆，縱年百歲猶為夭。」

真的，人生貴在行胸臆！

懷念你，倪匡先生。

倪匡傳奇

從倪匡身上尋索「幸福」之道

「在銅鑼灣來去匆匆的行人，多得如潮汐漲退。一刻之間，我看到的人比在美國十年加起來還要多！真係好開心！

「我語言天份很差：廣東話唔鹹唔淡，國語更差……

「在美國，我只懂得兩句說話：

So what，who cares 我就可以應付鬼佬嘀嘀嘟嘟……」

說完又是一陣大笑。

* * *

在 2019 年的書展講座，倪匡在最後一次公開活動上說：

「生活當然有苦有樂，但我認為只要是精神上的痛苦，就可以用思想去轉化它。我最能夠把令人悲傷的事用另一個角度去看，變成開心的事。

「對於這方面，我自己認為是可以做到的。」倪匡說。

倪匡可說是無師自通，為自己進行「認知治療」（cognitive therapy）。認知治療的精髓，就是審查自己的自動化思想（automatic thoughts），其中有不少迷思，例如：

・全有或全無思維／兩極分化思維。
（All-or-Nothing Thinking / Polarized Thinking.）
例子：這件事做不到一百分，就不如乾脆不做。

・過度概括。（Overgeneralization.）
例子：這個人對我粗魯，這間公司的人都不會有禮貌。

・否定積極的想法。（Disqualifying the Positive.）
例子：這件事一定會衰收尾，努力也是多餘的。

・倉促下結論——讀心術。（Jumping to Conclusions – Mind Reading.）
例子：這個店員對我不夠重視，可能他看出我是一個窮光蛋。

・倉促下結論——算命。（Jumping to Conclusions – Fortune Telling.）
例子：今早踩了狗屎，看來我這天都會運滯！（於是整個人變得容易暴躁，別人當然避之則吉。）

・放大（災難化）或最小化。（Magnification (Catastrophizing) or Minimization.）

例子：孩子考試不合格，將來他一定一事無成，淪落做乞丐。

・情感推理：（Emotional Reasoning.）

例子：我感到不開心，事情一定不對勁，其他人都不喜歡我。（當然，你認為人家不喜歡你，你對人又會好到哪裡？）

＊　＊　＊

再以踩到狗屎為例子，説明人對事情的認知會影響情緒反應，而情緒反應又會影響行為。

情景：有天，一出門口，就踩到狗屎。

A心想：「一出門就行衰運，今天一定倒楣透了！」A於是感到很沮喪。

結果他整天黑口黑面，對人粗聲粗氣。

結果A得罪了他的顧客，搞砸了一單交易。

B心想：「我要回家洗鞋子，今天我一定遲到，被老闆責罵。」B因此而感到很焦慮緊張。

結果B整天緊急兮兮的，胃病又發作了。

C心想：「為什麼有人會讓狗狗隨地大便，我一定要去投訴！」C的反應是憤怒。

結果C不去上班，而是走到議員辦事處破口大罵。

倪匡也踩到了，老頑童心想：「幸好我不是赤腳，而是穿上拖鞋，屎只是黐住鞋底，又不會弄骯自己！」

「我換咗對拖鞋就可以，趁機可以出去走走，買對新拖鞋！」

我相信倪匡一定能以他的雋智和幽默去詮釋事情，儘量令自己保持愉快。

倪匡經歷過飢餓、極端天氣、疾病、受傷等，是實實在在的。在他的著作中，寫下難忘的饑荒回憶：你一直餓著肚子，就是老鼠、蟻卵、棉花也吃，吃了一餐，下一餐還沒有著落。

哲學家周國平說：「幸福是一個抽象概念，從來不是一個事實，相反痛苦和不幸卻常常具有事實的堅硬性。」

「你們在太平盛世的日子看我少年時在內地偷渡到香港的經歷，好像很傳奇，但其實那時是成千萬上億的人，同樣面對的困難：天災人禍，不少人在逃難中，在鬥爭中死去。

人能存活下來，靠的是命運之神的眷顧，也許是一個人求生的本能，這種本能使人類歷盡劫難而免於毀滅。」在一個訪問中倪匡如是說。

* * *

什麼是幸福？

幸福並不等於快樂。英文「幸福」源於希臘字 Eudaimonia，這個字分別由 Eu: "good" 和 Daimon: "soul", "spirit" or "self" 所組成。這樣的幸福，並不需要如倪匡先生那樣，擁有良好的樂觀基因。性格悲觀的人也可以過得好幸福，因為這種幸福代表更深層的自我實踐。

在此，我給大家介紹一位學者——正向心理學鼻祖，Martin Seligmen。

在 1967 年，正向心理學大師 Martin Seligmen 博士致力於研究習得性無助與抑鬱，以及樂觀和悲觀的關係。在他在的自傳中，也談到他從傳統心理學的抑鬱，變態等精神疾病研究，轉向樂觀正面的研究的其中一個因緣：

有一次，他責罵他五歲的女兒沒有好好的去拔野草，卻在吹蒲公英種子。她女兒對他說：「爸爸你有沒有想過，你每天罵我，糾正我的缺點，我長大後會成為一個怎樣的人？最了不起是一個沒有過失的女孩，但是我也是一個沒有優點的女孩，因為你從來沒有看到我的長處。」女兒這句話讓他非常震驚，他沒有想到一個五歲的孩子會講出這樣的話。

他反省後改變了心理學的走向：發掘人的優勢，加以發揮。

Seligmen 博士發現，在實驗中，曾被「恣意地」電殛的老鼠（即老鼠不能作任何防備），之後把牠們扔進一缸水中，老鼠會變得消極，不肯掙扎，由得自己溺死。

相反，那些掌握到如何避免電殛的老鼠（如不碰觸某些按鍵，就不會受電殛），把牠們扔在水缸，老鼠會表現積極，奮力游泳，令自己不致溺斃。

於是 Seligmen 博士開始問自己：「誰不會容易變得無助？誰會奮力抵抗崩潰？」

*　*　*

Seligmen 博士開始對樂觀主義產生興趣，因為經過觀察研究，他發現那些沒有變得無助的人，當他們遇到困難或挫折時，都會認為這些事情是暫時的、可控的、局部的，他們可以從錯誤中學習，之後可以做得更好。

至於那些遇到挫折後立即變得沮喪無助的人，卻認為壞事是永久性的、無法控制的、無處不在的，他們會介懷，兼且感到絲毫沒有任何辦法，也不可能有駕馭事情的能力。

Seligmen 博士把第一類人稱為樂觀的人，第二類為悲觀的人。博士認為，一直以來，精神和心理學只在修正心理上有問題的人，減少他們的痛苦。他開始認為，心理學家的工作，不應只是把人的幸福程度由 -6 升到 -2，而是由 -2 升到 +4。

正向心理學就是發現發掘人的潛能和優勢。Seligmen 想，心理學除了糾正心理問題外，能否令人擁有更多的幸福感？

「正向心理學的目標，是催化心理學從只專注於修復生活中的糟糕事情，轉

變為建立正向積極的品質。」Seligmen & Csikszentmihalyi, 2000

多年前，Seligmen 博士開始研究樂觀與悲觀的人，比起悲觀的人，他發現：

1. 樂觀的人患抑鬱症的機率是悲觀的人的一半
2. 樂觀的人在各式各樣的職業中都取得更好的成就
3. 樂觀的人有更好、更活躍、更強的免疫系統
4. 樂觀的人活得更久

問題是，悲觀或是樂觀，我們有選擇嗎？

Seligmen 博士的答案是肯定的，事實上，基因只決定了人的氣質和性格的一部份，透過後天學習，我們是可以獲得「習得的樂觀」（learned optimism），改變悲觀想法的習慣。

我想起自己小時候，曾經鼓勵一個大學生。那時我唸中六，剛剛考完大學高級入學考試。

「我沒有信心畢業！」Betsy 說，那時她在中大唸英文系。

「盡能力去做，樂觀要面對，悲觀也要面對！樂觀你會比較有力面對，效果

會較好！」我說。

「你說得好有道理！多謝你提醒。」Betsy 說。

「我也是用這個心態去面對學業壓力的。」我說。

看來做治療師，也是我的天命。

＊　＊　＊

最近我接連遇上很悲觀的人。

John 的上司剛辭職，他要負責帶領和決策的工作。

「我感到很大壓力！」John 說。

「壓力當然有，但還要看你如何看待壓力！」我回答說。

「我做錯決定會很灰心沮喪！」John 說。

「學習過程是什麼？」我問。

「參與？嘗試？」John 說。

「對，是嘗試、參與、回饋糾正、固化！」我說。「錯誤是回饋，它只是一個學習過程而已！怎可以就此一蹶不振？」我說。

*　　*　　*

Mary 最近轉工，之前她在一間小型公司做行政，一做做了十多年。最近她轉到一間公司做會計工作。

「我不熟悉會計，但僱主願意讓我嘗試。」Mary 說。

「那很好，人家付錢給你學習新的事物。」我答。

「但我很害怕，因為我什麼也不懂，人家好像很有能力。新工作對我來說，很有壓力！」Mary 說。

「適應過程需要什麼？」我問。

「不知道，只是想儘快好好掌握！」Mary 說。

「對自己說：適應需要時間和耐性，一步一腳印去做，焦急是會產生反效果的！」我告訴她。

「你有機會學習新事物，在工作上轉型，這份壓力是一件好事！」我說。「有感恩的心，一定會令你事半功倍。」

*　　*　　*

Seligmen 的先行者之一，是 Arabaham Maslow，他幫助引起人們對人本主義心理學的關注：把焦點放在人的力量和潛力，而不是神經症和心理病。

Maslow 提出，當人滿足了基本生物需要之後，就需要安全感、受認同被尊重、和自我實踐的機會。

然而，Maslow 是受直覺啟發的理論家，在方法論上，幾乎沒有可靠的經驗證據來支持他的主張。

心理學界之後出現了 Martin Seligman、Ed Diener 和 Mihaly Csiskzenmihalyi 等心理學家，他們致力於以科學方法研究正向情緒的影響：正向情緒如何影響健康、生活各方面的表現和整體生活滿意度。

更重要的是，他們的研究説明了「幸福」是可以傳授和學習的。

對於「習得的樂觀」，Seligman 博士還討論了極端或不切實際的樂觀主義（明天一定更好、只要想做就做得到）等潛在危險，並就如何培養「適應性的樂觀」，更提供了一些簡易的建議，例如：

- 培養感恩的心：每天列出3件感恩的事：

例如，今天開車很順、今天家人能一起吃飯、今天有一個 client 好了很多。

・幫助比自己更有需要的人：

例如，替一個外國人把他的要求向店主翻譯。

・挑戰消極思想和信念的有效性：

例如，做，有機會失敗；不做，一定失敗。

・正面應對消極的內在對話：

例如，「你做得不夠好！」，轉化成：「我每日都有進步空間，」

＊　＊　＊

Seligman 說，不少人把幸福等同「享樂主義」。Seligman 指出，還有另外兩條通向幸福生活的途徑——「美好生活」和「有意義生活」——這些這根本不需要令人特別歡愉的情緒！

享樂主義的幸福，一些明星、名人、富豪，是不少人幸福的典範：面帶笑容、開朗、享樂、有名有利……

教授說：首先，開朗和笑嘻嘻是高度可遺傳的，同卵雙胞胎比異卵雙胞胎更有可能擁有這種特質。它的好處就是與生俱來，壞處就是你不能獲得更多。

我在大學時，也很羨慕那些性格天生開朗樂觀的人。幸好，幸福是我後天的努力可以得到的。

幸福不代表要整天笑嘻嘻，幸福可以發生在任何一個嚴肅對待生命的人身上。

教授指出，亞里士多德談Eudaimonia，即美好生活時，他並沒有關注快樂的歡愉感受——如性高潮、美食、全身按摩很舒服等感官體驗，他所關注的是沉思的「樂趣」——這種樂趣不存在於感官上的高潮或美味等感覺中，而是存在於一個人進行深度思考和投入其中，一種我們現在稱之為「心流」、「心馳」（flow）的狀態。在這種狀態下，既沒有思想也沒有感覺，個人消失了，你只是「與你投入的對象合而為一」。

我相信獲頒發榮譽社會科學博士學位的林青霞，她從中感到的幸福滿足感，比她得之前得到的榮華富貴、衣香鬢影、錦衣美食一定更多！

教授指出幸福生活的三種途徑：

1. 首先是愉快的生活，包括擁有盡可能多的快樂，並擁有擴大快樂的技能。但這不是唯一的幸福。

例如去享受一頓美食，聽一場好的音樂饗宴。愉快的生活是好的，它的弊處是人太容易對令人愉快的事情產生飽和現象。好像你吃第一口朱古力雪糕會覺得很好味，到了第十口，那美味感覺或已飽和。

此外，愉快的感覺跟大腦伏隔核（nucleus accumbens）的神經迴路的活化有關，在大腦的獎賞、快樂、歡笑、成癮等活動中起重要作用。換言之，我們對這些外界刺激，會有「耐受性」（tolerance），我們需要更多的刺激來感到快樂。

2. 美好生活，包括了解你的「標誌性優勢」（signature strength）是什麼，然後重新設計你的工作、愛情、友誼、親職教育和休閒：利用這些優勢在生活中獲得更多的幸福。

Seligmen 博士發現，有些人很刻苦堅毅、嚴肅認真，看上去不見得快樂，卻感到很幸福。

當 Seligmen 還是大學生時，他有一位老師 Julian，是出了名古怪卻優秀的人。

有一次他得到了一隻南美蜥蜴作為實驗室寵物，不過沒人知道這隻蜥蜴應該吃什麼。蜥蜴差不多餓死了。Julian 給蜥蜴死蒼蠅，而蜥蜴只吃牠自己捕捉的蒼蠅；把死蒼蠅混入芒果和木瓜，蜥蜴也不吃。Julian 叫中餐外賣，蜥蜴同樣沒興趣。

有一天，Julian 進實驗室，蜥蜴躺在角落裡昏昏欲睡。他請蜥蜴吃午餐，但蜥蜴對黑麥火腿不感興趣。當時他正讀著《紐約時報》，隨手把報紙蓋在黑麥火腿上面。蜥蜴看見這個情形，立即用後腿站起來，大步穿過房間，跳到桌子上，撕碎了報紙，吃掉黑麥火腿。

這件事顯示了，蜥蜴首先要經歷狩獵、殺戮、撕碎和跟蹤等過程，才會進食和交配。人類比蜥蜴複雜得多，更加如此。我們根沒有捷徑可以達到心流（flow）。為了獲得幸福，我們必須全力投入我們的最大優勢去面對挑戰。

3. 有意義的生活，包括利用你的「標誌性優勢」，為你認為比個人更重要的事情服務。

荷里活影星安祖蓮娜，不止在電影上名成利就，她還參予了很多人道工作，領養來自柬埔寨的男孩和來自埃塞俄比亞的女孩。

相信安祖蓮娜從她的人道工作中得到幸福感！

那些為了參加奧運而努力鍛鍊的選手，如張家朗、何詩蓓……甚至很多為信仰殉道的人，也會覺得自己很幸福。

「只有知道自己為何而活的人，才能夠承受幾乎所有如何生存的問題。」

——尼采

Seligman 說，美好生活比愉快的生活幸福，而有意義的生活是一切幸福的最高境界。

Seligman 進一步提出重要的證據：

密歇根大學的克里斯彼得森（Chris Peterson）和麥吉爾大學（McGill University）的維羅尼卡胡塔（Veronika Huta）對「美好生活」和「有意義的生活」這兩種沒有歡愉感的「幸福」，進行了測試，得出了令人吃驚的結果。

Peterson 博士設計了三組問題，一組是關於追求和擁有愉快的生活，另外兩組是關於追求和擁有美好生活或有意義的生活，並把問題交給 150 名成年志願者。他的目標是想知道他們對生活的滿意度。他發現「美好生活」和「有意義生活」都與生活滿意度相關：意義越大，生活滿意度越高。然而，令人驚訝的是，生活中享樂的並沒有增加生活滿意度。

Huta 女士則在人們的日常生活中追踪他們，並隨機向他們發出「Bee Bee 聲」，詢問他們在做什麼以及他們的情緒狀態。Huta 設計了一個反映「享樂」（即追求快樂、享受和舒適）的量表和一個反映「幸福」（即追求個人成長、發揮潛能、實現個人卓越以及為他人的生活做出貢獻）的量表。追求幸福與生活滿意度顯著相關，而享樂追求則沒有。

兩位博士的研究結果是一致的。

原來幸福快樂並不一定需要「享樂」！

這兩項獨立完成的研究結果顯示：追求享樂的生活並不一定會帶來生活滿意度，但追求美好生活和有意義的生活確實會帶來更高的生活滿意度。

我明白了。我的工作雖然辛苦，但我不會羨慕那些每天不用上班，下午可以 high tea 和 shopping 的闊太！

* * *

幸福的真正對立面，可能是天災人禍。

已故江迅先生為倪匡寫的自傳，講到倪匡歷盡飢餓、寒冷。（那時不少人冷死，原來冷死的人臉上會帶著詭異的笑容，所以倪匡逃跑時不準自己笑。）

他輾轉逃難來到香港，做苦力工作。他見到七毫子一碗的叉燒飯：紅彤彤的叉燒，白白的飯，他覺得自己十分幸福，心中讚嘆，世上竟然有這等美味。

免除災禍，生活已經有條件去追求幸福。

有時候，倪匡先生看到一碗白米飯，也感到很開心：「因為知道飢餓的感覺是什麼！」

我曾經被醫療事故纏身，可說是「無妄之災」，最終得以平反，並在這件事情上，得到很多的反省和領會，這對我日後面對的挑戰，是寶貴的一課

所以我相信，曾在醫療上惹上官司的醫生，會更加珍惜可以安心診症、過著平常日子的幸福。

＊　＊　＊

誰人不想自己過得幸福？但仔細想想，這世界上，有誰是真正感到幸福，又

有誰是絕對不幸？

多年前，認識一個中年女子 Helen。她早年從內地到香港，之後認識了一個富二代，成為了闊太。婚後富二代把她視為附屬品：「我娶她回來，只不過是可憐她！」丈夫曾對我說，一副輕視的態度。

丈夫覺得 Helen 為錢而嫁她，把他視為長期飯票。由始至終，丈夫都不太尊重她，經常對她頤指氣使，令她滿肚子都是委屈。

「我生活很富足，錢我是不缺的，丈夫也由得我花費。但結婚兩年後，丈夫對我毫無興趣，對我不聞不問。他甚至跟家中的寵物貓談心事，也不跟我說話。」Helen 說。

Helen 樣貌娟好，體態豐腴，塗上指甲油的纖纖十指，不停從我桌面的紙巾盒抽出紙巾抹眼淚。她每拿一次紙巾，無名指上套著那一枚閃閃發亮的鑽戒的光芒，就直直的射向我雙眼。

Helen 不斷的抹拭，眼淚還是在她長長的睫毛下，悄悄跑到臉上。

Helen 最大的快樂，就是不停地置業，她在世界各地都有物業，其中不少更是升值了許多。

Helen 一直都不開心，她覺得丈夫看她不起，Helen 認為其他人靠近她，都是希望從她身上得到利益，對著她惺惺作態，噓寒問暖。

我絲毫不感到 Helen 的生活是幸福的。

*　*　*

前些時候，我認識了 Judy。她本是名媛，因為受到丈夫的虐打，毅然離家出走。

「我怕自己有一天給他打死！」Judy 說。

Judy 身型修長，穿什麼衣服都好看，很有味道。

原本 Judy 豐衣足食，因為離開了丈夫，現在要自食其力！

「開始的時候我感到生活很辛苦，工作壓力很大，有時候也會羨慕以前的日子，過著那些不需要憂柴憂米的生活，整天可以去 shopping 飲 high tea。但現在我有一種充實的感覺。最重要是我的自尊提升了，我感到自己做人更有底氣！」Judy 說。

Helen 和 Judy，一個衣食無憂，一個要為生活打拼，哪一個更為幸福？

對於沉溺於眼前瑣碎享受的人，不足以稱為真正的歡樂。同樣地，對於沉溺於眼前瑣碎煩惱的人，也不足以稱為真正的痛苦。

畢竟，痛苦是性格的催化劑，他使強者更強，弱者更弱！

* * *

有一次，倪匡被問到如何總結自己一生，他說：「一個蠢人」。接下來，他說：「因為還知道自己蠢，所以我很開心。」

幸福對倪匡先生，就如信仰一樣，他相信幸福，他有過美好和有意義生活的能力，所以他也得到真正幸福！

心理學家 Martin Seligman：The new era of positive psychology

倪匡的信仰

倪匡先生的信主經歷很簡單，只得一個「信」字，他令我想起以前聽過的一個故事：

在一個漁村裏，有幾個人在一艘船上航行，划船的是一個漁婦。當時遇上風浪，天又黑。大家都很害怕。漁婦的丈夫是一個皮膚黝黑，身材短小精悍的漁夫，他在岸邊見狀，毅然走過海面，坐上船的駕駛位置，把船安然泊返岸邊。

當中一個乘客是教會的牧師，對於漁夫在「海上行走」，嚇得目瞪口呆，大感詫異！

「你是怎樣做到的？」牧師問。

「基督是主，主和我們同在！」漁夫說。「我的心就是不斷重複唸著這句說話。」

事實上，漁夫目不識丁，對聖經的認識簡單得不能再簡單。

每一天，漁夫和妻子對主的禱告，也是：「基督是主，主和我們同在！」他們的信心簡單、堅定、真誠，純真得像嬰兒對父母一樣。

馬太福音18章3節：「我確實地告訴你們：你們如果不回轉，變得像小孩子一樣，絕不能進入天國。」

耶穌說：天國是屬於擁有赤子之心的人。

＊　＊　＊

我覺得倪匡的信主經歷，跟那漁夫十分相似。倪匡在2008年時，跟陳耀南教授和黃毓民先生一起分享信仰，主題是：「行公義、好憐憫，用謙卑的心與主同行」。

「那時候，我的酒癮很大，甚至早上梳洗完沒多久，若果沒有一杯半杯到肚，我會全身發抖，流冷汗！」倪匡回憶說。

我每天要喝多於兩枝伏特加酒，加一公斤其他酒，由早上喝到晚，醉到夢中。

「我發現不是『我飲酒』，而是『酒飲我』，我漸漸成為酒的奴隸：它控制了我！

「我是一個愛自由的人，若有些什麼事情控制我，我會感到受束縛，很不爽！

「我也有讀聖經的，尤其是福音四書，感到耶穌的話很有意思。

「我記得聖經上曾說過：你們有兩個人一起祈禱，我就與你們同在。

那句聖經的出處，是馬太福音18章19節：「我再確實地告訴你們：如果你們當中有兩個人，在地上同心地為任何事祈求，我在天上的父就會為你們成全。」

有一天，倪匡急急忙忙找牧師，對他說：「我有要事求你，很重要的事！希望你能幫忙。」

牧師大感驚訝回答倪匡說：「什麼事？」

「聖經不是說過若有兩個人一齊禱告，祂會垂聽應允！

「現在我有要事求主！」倪匡說。

牧師感到有點為難：「倪先生，耶穌已經很久沒有行奇蹟了！」

「不要緊，我們就跟祂求一次吧！」倪匡堅持著說。

牧師就領倪匡到一間寧靜的房間：「倪先生，你要求什麼？」

「你負責領禱，因為我不知道如何向主祈禱！」倪匡說。

「至於我求什麼，我會自己親自向主說。」

牧師就請倪匡一齊低頭祈禱。

倪匡就在心中求主：「主啊，現在我給酒癮轄制，求你醫治我。」

他在心中默念幾遍。這過程大約有十五至二十分鐘。

過程當中，倪匡感到整個人全身有一陣涼意：「我全身毛管都豎起來！」

最後牧師結束祈禱：「以上祈求，蒙祢垂聽，奉耶穌基督的名，阿門。」

之後，牧師和倪匡一起走出房間。

那天有一個醫生朋友在家中設宴款待他們。那是在1986年1月28日，剛剛發生了的美國「挑戰者號」穿梭機災難，起飛73秒後解體，七名太空人全部遇難。

主人家因為知道倪匡嗜酒，特意找來幾支伏特加。

「那天，我們一起吃自助餐，一起討論那宗空難，邊吃邊談！

「突然之間，有人說，倪生你為何不飲酒？」

「原來我不知不覺，竟然忘記了飲酒的事！」倪匡。

朋友見狀也嘖嘖稱奇。

「我抱住誠惶誠恐的心，第二天早上，看看有沒有酒精脫癮徵狀。幸好，我竟然能夠安然渡過。

「一剎那，就在我向耶穌祈禱那刻開始，我脫離了酒的轄制。耶穌真的在我身上行神蹟。

「我說給別人聽，整體件事情是難以置信，因為他們說：戒酒比戒海洛英等毒品還要困難！」

事實上，戒掉海洛英或者其他毒品，只要花一、兩個星期，過程當然辛苦。戒這些毒品不難，難是難在如何在未來日子不再碰觸這些毒品。

酒精看似稀鬆平常，但酗酒者若要「安全地」戒酒，尤其是酒癮深的，可能要住上醫院二個月或以上，醫生按患者酒量、酒齡和臨床情況，制定不同的方案。戒酒切忌過急，一定要慢慢減，因為若處理不當，嚴重的患者可以出現震顫性譫妄（delirium tremens; DT），出現幻聽幻覺，其中之一是「國幻覺」（Lilliputian hallucinations），當事人像去了小人國一樣，看見周圍有小人國的人走來走去。

DT是酒精上癮很常見的併發症；若未能及時診斷治療，是可以致命的。所以若患者突然停止飲酒，或驟然減少酒量，在之後的6至36小時，就可能發生震顫性譫妄（DT）這急性症候群，死亡率高達5%，譫妄徵狀可維持5至7天。

耶穌真的在倪匡身上行了奇蹟，這是一個醫治的神蹟。

之後有一天，倪匡又跟朋友吃飯：「先來幾枝啤酒！」倪匡說。

「倪先生，你不是不再喝酒嗎？」朋友問。

「你記得耶穌行的第一個神蹟是什麼？不是以水變酒嗎？

「聖經說：你要歡歡喜喜地喝酒！

「你看聖經多麼靈活和彈性，充滿了智慧！」倪匡又是一陣哈哈大笑！

「之後的日子，我不是不喝酒，而是不會『強迫性地』要飲酒來解那些脫癮徵狀！我已經不再是酒的奴隸！」倪匡說。

難怪倪匡完全不明白人為什麼要唸神學：「上帝只要你簡單相信，根本不可能透過自身努力學習。」

對倪匡來說，真正的信心與我們的心有關，與頭腦的思維無關。信仰與教條、教義和神學無關，信仰是一種存在現象，而非智力活動。信仰是開放、接納、信任和愛有關，它跟辯論和證實自己無關。

所有上癮問題，不管是藥物或是行為，最初為了「獲得興奮」、「high、過癮」，演變下來，就成了「強迫性」：藥物或是行為，用了做了只是避免身、心癮發作時的痛苦！

「神在我身上的神蹟，我相信所有由衷地相信祂的人都會經歷過。」倪匡說。

＊　＊　＊

天主教中有「四樞德」（Four Cardinal Virtues），指出四種基本的美德（又稱德行）——智德、義德、勇德和節德。

智德（即明智，Prudence）——使我們能實踐理性：在任何境況下，辨別善惡，能以最恰當的方法，實踐美善。

義德（即公義，Justice）——使我們能以堅定的意志，持平的態度，給予人們應該得到的。

勇德（即勇敢，Fortitude）——使我們在困境中不是沒有恐懼，卻有勇氣毅力面對，在危難當中仍堅持追求美善。

節德（即節制，Temperance）——能適當地調節我們的感官快樂，善用世間的財物，保持身心靈平衡的生活。

＊　＊　＊

巧合的是斯多葛主義（Stoicism）也指出多種美德，分別是：智慧、勇氣、節制和正義。

佛教也有三種修練：戒、定、慧。

德行非常重要，是一種傾向行善、持之以恆的習慣，德行成為我們生活的指導原則（guiding principles），它能調適我們的情慾，指導我們的操行，使我們活出美善的人生。

人若然沒有紀律，何來自由？通過紀律，培養對情緒慾望突襲時的定力，減少無明愚痴而增長智慧，我們才不會受制於一時衝動、條件反射等限制，我們才能為自己作出正確的選擇。

保羅在哥林多前書10章23節說：「什麼事都可以做」，但不都有益處；「什麼事都可以做」，但不都造就人。

真理有時是吊詭的：有紀律，才有真正的自由。

＊　＊　＊

戒煙，倪匡也親身經歷了神：

「我基本上是煙不離手的，牆壁也被我薰成黑黑黃黃。我早上起床，第一件事不是拿根牙刷漱口，而是抽根香煙。

「我的煙齡超過三十年，每日三包以上。

「有一天，突然之間內心有把聲音：『你可以不抽煙！』這把聲音重覆了三次。我意識到我坐『煙監』的日子夠了，現在可以刑滿出獄！

「就是這樣，我立即把香煙戒掉了，房間吃剩的香煙，多半是別人送的，有半個牆身高。」

還有一件很奇怪的事：「我一向酒量超好，有一次在一間日本餐廳叫來了兩枝sake，喝了之後頭重身輕，老婆對我說：你喝醉了！」

「我心想，簡直不可思議，我可以連掃十枝以上的sake，但酒量一下子就沒有了！

「上帝『自作主張』把我的酒量拿走了，這也是我沒有求的事，但我只有臣服！

「好像聖經上保羅一樣，他也曾經逼迫基督徒，但在一次旅途中，他突然聽到上帝的聲音：『保羅、保羅，你為什麼逼迫我！』

「我沒有保羅偉大，但同樣我們都是鬥不過神，那種強大力量，你無法想像，你只能臣服。

「我信了主之後，整個人輕省了！因為我只是按照神的旨意去行事。

「之前有一個倪析聲弟兄，有一天，他挑了一個擔子走到市場中心去，然後把擔子放下，對街上的人傳福音：當你相信耶穌，你就可以把重擔交給祂。

「所以我不明白，為什麼很多基督徒信了主之後，還是充滿著憂慮和煩惱！」倪匡說。

信心是意味着放下自我，並接納眼前的事實。在主面前去接納自己的弱點和限制，承認我們沒法完全掌握控制世事。

「不過上帝是愛你，為你好，你只要信，何樂而不為！」接著又是一陣大笑。

＊　＊　＊

在以後的公開場合，當倪匡被邀請分享信仰，有人這樣問他：「倪匡先生，你聽到的那把聲音是怎樣的？你是心中感受到，還是親耳聽到？是上海話、普通話，還是廣東話？」

「這是發自內在輕輕的聲音！我也分不出它的方言，但你知道它在對我說話，它是為你好、善良真實的，你甚至可以跟聲音對答，我相信在座不少基督徒都曾經歷過。」倪匡回答。

「倪匡先生，你覺得基督教真實嗎？」有聽眾問。

「其實有兩件事不好講：信仰和政治，但信耶穌對我來說是千真萬確的，沒有什麼道理邏輯，很簡單，這是我真實的經歷。

「那些人叫我拿出證據來，我對他們說：上帝是對我講話，又不是對你講。你當然不明白。」

一陣笑聲後，倪匡又說：「有人問我一個問題：上帝可不可以創造一塊祂自己移不動的石頭？

「我對這些來挑戰我的人，只說：這種層次的問題，你自己去問上帝吧！」哈哈哈……

「那麼這麼多種宗教，例如為什麼你不選佛教，偏偏選基督教？」又有一個聽眾問。

「我相信什麼宗教都是好的，但我生性懶惰，佛經有那麼多卷，而聖經只有一本，比較簡單容易明白。」倪匡說。

林以諾牧師問倪匡最喜歡聖經那部份，倪匡回答說：舊約聖經，尤其是約伯記。

「約伯記很多人覺得很難明白……其實我覺得很簡單……

（我想這因為在約伯記的開始，是說神拿約伯當成跟撒旦賭博的籌碼，這令人感到不寒而慄。當事人約伯的抗議：為什麼無辜的人要受苦？為什麼惡人反倒不受懲罰？令很多人會質疑撒但到底是否神的另一張臉，為何神好像無道德性。

我自己多年來吸收中國哲學的養分，尤其是易經和道德經，才明白陰與陽、善與惡、生與死……他們彼此都是親密的敵人，他們的之間的對抗與合作是交互存在的，所彰顯出來的矛盾和張力，就是我們靈性成長的契機，因為真正的信心是來自勇氣，以及對事實本質的洞察。）

「約伯在多災多難時，只是開始去質疑神，抓抓自己身上的惡瘡。神之後大大賞賜約伯，他也是處之泰然。約伯不以物喜 ，也不以己悲。我喜歡約伯記因為聖經說明我們不要太在意世上的苦樂，祂賜給我們的喜樂是屬於另一個層次的。」倪匡說。

「倪匡先生，你太太信主嗎？」聽 又問。

「我太太不信，她說你咁衰的人都係基督徒，她不肯信，可能因為佢冇咁衰。」然後又是一陣哈哈大笑！

「不過在神眼中的罪和世人所想的是不同的。好像大衛王愛上別人的妻子，殺了女人的丈夫，搶了那女人為妻。在我們看來，大衛好衰，簡直是罪大惡極，但神卻很愛大衛。」倪匡說。

聖經上有很多顛覆性的信念：這樣，那在後的，將要在前；在前的，將要在後了。

究竟天國中誰人為大?耶穌就曾說過:

「在你們中間,誰願為首,就必作眾人的僕人。」馬可福音10章44節。

* * *

有讀者問:「倪匡先生,你有返教會嗎?」

倪匡曾這樣答:「我沒有返教會!

「有一次我正想返教會,那是張瑪利小姐邀請我返一間在銅鑼灣的教會,但有一把聲音叫我唔好返!」

「我唯有聽話唔去囉!」倪匡樣子純真的回覆。

「唉呀,倪匡先生,你的聲音來自耶穌,還是魔鬼?」觀眾問。

「我也大惑不解!但真係有聲音叫我唔好去!」

在這裏,我想起了榮格的一個事蹟。

榮格很小的時候,不知何解,對教堂感到很懼怕。可是,可是為什麼會是這樣子?榮格得出的結論是:「很明顯,上帝是在考驗我的勇氣。」

有一天,榮格甚至看到了這樣的景象:「我看到了那座大教堂,那一望無際蔚藍的天空。上帝就高高坐在教堂金色的寶座上，遠離塵囂。突然間，當我往下看，從寶座下有一塊巨大無比的糞塊掉下來，正落在那閃閃發光的教堂頂上。糞塊碎裂了，大教堂的四壁也砸碎了！」

在經驗了這景象後，榮格如釋重負。他對上帝充滿感恩：「上帝有著不可抗拒的威嚴，當我臣服時，祂的智慧和仁慈便彰顯了。」

上帝的大便砸碎了上帝的教堂——一直讓榮格畏懼的天主教堂。榮格看到了上帝的仁慈，上帝不等於教堂。這種仁慈鼓勵了榮格發展自己的思想。

「神是個靈，所以拜祂的必須用心靈和誠實拜祂。」約翰福音4章24節。

神不是待在聖堂裏，也不在口裏說着主啊主啊的人當中，祂是在我們的心裏。

關俊棠神父曾經說過：「宗教性並不等於靈性，宗教也不是信仰。」

* * *

那麼，什麼是信仰？

信仰就是相信人生中有一樣東西，比自己的生命重要，是人生中最重要、最值得為此而活著。甚至在必要時，也值得為此獻上生命。信仰必定是高於我們的日常生活，像太陽月亮一樣在我們頭頂照耀。我們仰望它、需要它，不過它又不像太陽月亮那樣可以用肉眼看見，它是無形的，是我們心中的一種信念。

提起信仰，人們會想起一些流行的宗教：基督教、佛教、伊斯蘭教、道教等等。在人類歷史上、在現實生活中，宗教信仰確是信仰中最常見的一種形態，不過兩者並不等同。事實上，做一個教徒並不等於他就有了信仰。而有信仰的人，也未必是信奉某一個宗教。

許多年前，我碰見過一個男子，他正在唸神學院。「他跟家人的關係很差，經常問父母伸手要錢。」媽媽說。

原來男子做過很多份工作，因為沒有責任感而被辭退。另外他也嘗試拍拖，但關係都不能維持。

他媽媽告訴我，男子認為在教會謀得一個職位，可以養家餬口。教會女多男少，牧師又要求基督徒跟相同宗教的人結婚：「二人同負一軛！」男子相信自己在教會將會成為炙手可熱的鑽石王老五。

* * *

我自小便去基督教的教會，幾歲就上主日學，星期天的活動就是返教會，然後到荃灣二坡坊的館子吃麵條水餃。父親是山東人，很喜歡返教會，甚至在家中拮据，媽媽又大著肚子時，他都不理媽媽哀求，不顧一切把僅有的積蓄奉獻。因為他相信「上帝會保佑，將來十倍奉還！」我到了中學高年級，從未去過海灘，也沒有去過郊野公園。

我童年所有的戶外活動，都是由教會組織帶著的，我和媽媽、姊姊、弟弟到過城門水塘，一起燒烤。有一次教會舉辦活動參觀新落成的青衣大橋。這橋連接著青衣島半山腰，和葵涌醉酒灣填地附近的青洲山腰。青衣大橋在 1974 年 2 月 28 日由港督麥理浩主持開幕儀式。那年我剛好是 10 歲，唸小學四年班。教友把「大快活快餐店」的熱狗和漢堡包分派我們享用，去程時派一次，回程又派一次。那時我從來未吃過熱狗，只見過大快活餐廳門口有一部烤箱，內裏輪子不停滾動烤著熱狗。我咬著熱狗，麵包表面烤得香脆，熱狗腸夾著青瓜和沙律醬，那種美味令我畢生難忘。所以回程時，我又是選了一隻熱狗，我覺得它是天下第一美食。

所以我很喜歡返教會，當時還當上團契的團長。我最愛聽比我年長的師兄師姐分享他們人生點滴，從中得益良多。

上了大學後，我初初接觸了門徒訓練（Disciple Training），我很喜歡他們在我入學第一年舉辦的社區活動：「健康新村健康人」。那活動在屯門蝴蝶村舉行。那時屯門的交通甚為不便，居民入住以後差不多好像與市區隔絕。港英政在七、八十年代將屯門區發展為輕工業區、衛星城市，但居民鮮有機會能在原區就業，所以住進去的都是弱勢社群，很容易被邊緣化。

那次活動我們一起到社區去替市民體檢，接觸市民，又在屋村球場舉行福音晚會。那是一次既有意義又難忘的活動。

接著第二年，我又跟隨著門徒訓練的醫生去探訪調景嶺寮屋區，幫助居民做身體健康檢查和家訪。

那是八十年代初期，調景嶺位處於將軍澳的海灣。十九世紀初，調景嶺是一片荒蕪之地，杳無人煙。1907年，一位加拿大籍商人連尼在這裏開設麵粉廠，由於經營不善，不到兩年就倒閉，連尼大受打擊，傳說翌年他於鯉魚門懸樑自盡，從此稱此地為「吊頸嶺」，之後演變成為發音相近的「調景嶺」。

1946年國共內戰，其後國軍退守台灣，部分則逃難到港，棲身於摩星嶺一帶，因為人數眾多，生活環境極為惡劣。從1949年至50年代，港府陸續將難民遷往調景嶺，近萬名的難民以簡單的材料，搭建簡陋的寮屋作為棲身之所。

在1955年，來自挪威的司務道宣教士成立了「靈實肺病療養院」，那是靈實醫院的前身。在1961年，港府將調景嶺劃歸徙置事務處管理，令區內有了自來水供應、消防局、郵政局、學校等設施。我認識的司徒玉蓮小姐（洪門的創會會長），就是在那裡的慕德中學讀書。因為台灣國民政府與調景嶺的居民一直保持聯繫，故此調景嶺也被稱為「小台灣」。

記憶中，八十年代的調景嶺有一條由石屎鋪成像梯田般的大街，從海旁大坪橫貫整個地區。從大坪石山坡行走到山頂，有座古老碉堡。

記得那時調景嶺主要的交通工具，是班次很疏落的巴士。那次我跟著陳健生醫生（靈實醫院的前院長，現已退休做兼職）到每屋每戶進行家訪，和替公公婆婆做健康檢查。他們那些房子很小，屋內燈光不足，堆滿雜物。住戶很多都是孤獨老人，目光呆滯地坐在床邊。

*　　*　　*

我按捺不住好奇，很想脫離傳統，看看大學本部的基督徒協會（Christian association）。在那裏，我「認識」（單方面的）了其中一個風頭躉：念社會科學的周華山博士、此外還有沈濟民和涂謹申律師等，他們經常提倡認中關社。

「你要多看一些不同的文史哲書籍！」沈濟民說。

我在旺角的樓上書店，一口氣買了佛洛姆的《愛的藝術》、《逃避自由》等書看。佛洛姆的《愛的藝術》，令我眼界大開。

接著，我看到書架上其他的著作：叔本華的厭世哲學，尼采的《上帝已死》……

我一方面感到很好奇，另一方面又感到很害怕。

「萬一我所信的基督教是假的怎辦？

「我能否承受這些年來建立在基督教的價值觀和信念的崩壞？

「若果我的根基瓦解了，我何去何從，我會不會崩潰？」我一邊思考一邊喃喃自語。這時我身旁有人大力拍了我一下：「嘩，乜你睇埋呢啲書，好易走火入魔喎……」那人是我的中學同學，考得七優成績，選擇了港大法律系，成為了大律師。

我頹然把書放下，我沒有勇氣看《上帝已死》這等題目的書。

不過我也受不了傳統教會的教導：「除了基督教外，什麼都是異端，包括天主教！」

我曾經目睹他們上了別人的家，把神枱和神像砸個粉碎。

因為自小領教過父親的身教：「無為而治」。因為他認為只要祈禱上帝，就能成就一切。所以我九個月大的哥哥，因為爸爸不簽手術同意書，而延遲了醫治。

「哥哥大便不斷出血，醫生說手術有風險，你爸爸說只需要祈禱。我目不識丁，不敢簽字。最後哥哥死於腹膜炎。

「他的肚子硬如木板。我幾乎有一年時間，陷於抑鬱中。

「哥哥很聰明，他死前已經懂得喊爸爸媽媽！

「最大惑不解的，是當我心如刀割時，你爸爸還是若無其事吃喝睡覺！」媽媽說。我相信這是她一生最大的創傷。

現在我知道了，哥哥患上急性的腸套疊（intestinal intussusception），做手術的話，可以避免一死。

有一段時間，我腦海中不時想起，爸爸在我小時候收起朋友送給我們的白兔糖，他硬是要拿回工廠自己吃。我心中不斷問：「一個爸爸可以那麼自我中心的嗎？」

當時我跟他對質，他就像條「軟皮蛇」，不置可否。我起初還怕他會打罵我，但他在乎的只是那盒糖。對著長輩，我的膽子越來越大，心中想：「當面叱罵也沒有後果！」結果我越來越放肆。

那時爸爸把時間放在工作上，其餘就是返教會。對於弟弟校內一塌糊塗的成績一概不理，我經常名列前茅他也毫無表示。我常常在弟弟的成績表上，為他冒爸爸的簽名。

* * *

因為自己青少年時患上焦慮症，加上家貧，我的出路就是信仰，不過是很表面的信仰。

在我來說，教會是我的舒適圈，大家圍爐取暖。

「這個人不愛神，那個人只顧着拍拖……」

這些批判別人的想法，只是因為自卑，卻以信仰去妄自稱義，來平衡心理。

在大學二年級時，同窗好友賴雪雲給我來了一記當頭棒喝：「阿May，你不像黃亭亭（現在很著名的外科醫生）和劉玉鳳（一位委身信仰的婦產科醫生），你事事埋怨，一點也不像一個基督徒！」

這是我信仰的一個很重要的轉捩點。

在這之後，我把福音四書和新約聖經重新唸一遍。

「這樣，信心若沒有行為就是死的。」雅各書2章17節。

我發現了聖經每一句話，都是直接說到我的心坎裏。有一個星期六下午，我走到醫學院的殮房外，向著大海，一邊流淚、一邊祈禱：我求上帝寬恕我的偽善和罪惡。

我好像瞎子開了眼一樣，返教會多年，從未如此經歷上帝。

「叫他們看是看見，卻不曉得；聽是聽見，卻不明白！」馬可福音4章12節。

這句話，我現在終於明白了。

＊　＊　＊

在這點上，我想起了我很喜歡的作家馮唐老師。馮唐說：「如果用一句話概括禪宗的精髓，那就是『應無所住而生其心』。人很容易陷入兩種極端：認為所有物質世界的東西都是存在的，不斷追求，得到又死守，人就『住』在糾纏和慾望中。禪宗認為追求理想、願景，也可以是極端：你陷在裏面，『住』在當中。

另一個極端，就是絕對的虛無中：人生無意義，什麼都是沒意思、沒勁、沒趣、沒用、空、虛空。

第一種是『有執』，另一種是『空執』。

正確的態度是應是『無所住而生其心』：各種境遇、追求，都是不應該死死的抓住。做人應該拿得起、放得低。其心就是各種境遇都值不得執着。知道世事無常，卻不影響我們來到世界充實地走一趟。」

馮唐是在一瞬間開悟了。

「我覺得我像一桶水，身體裏有一個「塞子』拔掉了，然後身體『這桶水』：那些煩惱、糾纏、想不開就落下了。在這一瞬間，心裏變得很平和，真正的體會到『應無所住而生其心』。我開悟之後就一直保持著這個狀態，或許有所反覆，但就很難回到從前。」

這種開悟也發生在其他人身上，如著名靈性導師 Eckhart Tolle。

最令我困惑的，是我不能夠再返之前的教會。我一邊聽道一邊流淚。我在夢中，經常夢見回到從前的教會，感覺就像回家般的溫暖。

但我已經不怕接觸別的宗教，我可以對別人有不同的信仰保持著開放和尊重的心。因為我經歷的信仰是真實的。

多年之後，我又看了艾隆醫師（Dr Irvin Yalom）的存在心理學小說：《當尼采哭泣時》（When Nietzsche Weeps）和《叔本華的眼淚》（The Schopenhauer Cure）。我也不怕這些厭世哲學家，這兩本小說令我大受啟發。

我嘗試找其他的基督教會，總是不得要領。直到在 2005 年我婆婆（丈夫的媽媽）自殺身亡後，我恰巧經過粉嶺的聖約瑟堂，在那裡碰見了關俊棠神父。

＊　＊　＊

說到底，真正有信仰，也不在於相信那個宗教，而在於相信人生應該有崇高的追求，有超出世俗的人生目標。而宗教也可以看作在這種追求上，提供了一種容易普及的方式。吊詭的是，普及容易會向「下流」，只看到表面的形式，反而削弱甚至喪失了追求的精神內涵。

所以我相信真誠地懷有信仰的人，決不會盲目追隨，也不會懶於反省，而是通過思考和實踐，去確立自己的信仰。

所以到了最後，一個人是否像倪匡先生一樣蒙C寵召，或是蒙ABD，或是XYZ寵召，我相信已經不再重要了。

倪匡暢談信主經過

有意義的巧合：不可思議的力量

這不是純粹巧合，我們可以認為這是上帝的安排，但原來也是榮格心理所說的「共時性」。

「共時性」，是榮格最初提出的理論，指「有意義的巧合」，用於解釋因果關係無法解釋的現象；如夢境成真，想到某人，某人便出現等——「一講曹操，曹操就到」等。榮格認為，這些表面上看似無因果關係事件，有着非因果性、有意義的聯繫，而這些聯繫常常取決於人的直覺主觀經驗。

Connie 是雙職婦女，她是會計師，還育有兩個女兒，兩個寶貝都聰明乖巧。不幸的是，兩年前，小女兒患上血癌，跟病魔艱辛的搏鬥了一段時間，女兒最終離開了。

Connie 經歷了漫長的的哀悼憂傷，才慢慢重拾心情，回復日常的生活。

「為何女兒這樣小，又善解人意，死神硬要把她接走？」Connie 有一次心有不甘地說。

每年的清明節和女兒的死忌，Connie 都會拜祭女兒。每逢女兒的生忌，她就送上一份禮物給她。

往年的生忌，Connie 送給囡囡的禮物，是助養保良局的一個孤兒。今年，Connie 正盤算要送什麼給囡囡。

囡囡的生日是在4月23日。那天是星期四，Connie 如常上班，正當 Connie 從地鐵站走向公司的途中，有一位青年向她介紹聯合國助養兒童計劃。

若是在平日，因為時間緊迫，Connie 根本不會理會對這些推銷活動，但今天例外，因為是囡囡的生忌。

「囡囡，不如我就送這份禮物給你，好嗎？」Connie 心中說。

「小姐，你可以選擇助養其中一個國家的孩子！通常較熱門的是非洲、中國內地等地方。」青年說。

Connie 想了一想，在心中又對囡囡說：「阿女，你希望媽媽助養哪個國家的孩子？」

這時，Connie 心中浮現了「尼泊爾」這地方。

Connie 自己也奇怪，為何會忽然想起尼泊爾這地方。

「我就助養尼泊爾的孩子吧！」Connie 平靜地說。

「小姐，尼泊爾算是頗冷門的選擇，不過我也可以替你安排。」青年說。

Connie 填好了一疊表格後，就回到公司上班。

就在兩天後，尼泊爾發生大地震。Connie 看到新聞報導後，感到驚訝不已：

「那有這樣巧合和不可思議的事情！」

「囡囡，原來你沒有離開過我，你只是以另一個更有意義的方式存在吧！」

Connie 終於釋懷了。

榮格產生共時性的概念，是跟接觸了漢學家衛禮賢醫師的《易經》，有很大關係。榮格在建構共時性理論的過程中，也承認中國智慧的幫助，包括對偶然性的理解，以及機緣是伴隨各個獨特瞬間發生的觀點。

榮格在《論共時性》（On Synchronicity）一文中詳細定義其所要處理的概念。他認為，共時性是一種巧合現象，可以從「心靈母體內部」與「我們外在世界」，甚或同時從這兩方面跨越，進入意識狀態。當兩者同時發生時，便稱為「共時性」現象。

心理學的宗師榮格，發現了宗教性的心理學。心理學與宗教不是天生對立，特別是在臨床工作中。「共時性」是榮格提出的其中一個重要概念，共時性是「有意義的巧合」和「非因果性的聯繫律」，在這個不尋常的瞬間，自然與心靈以有意義的方式交會，合而為一。

為何倪匡總是那麼快樂？

「唔知點解，我好鍾意笑。見到好笑嘅嘢會笑，唔好笑嘅嘢有時諗諗吓又覺得好笑。」倪匡生前說。

就是說這話時，他都不時格格地笑。倪匡先生這老頑童，真是好玩到極點！

「快樂是什麼，就是沒有不快樂！快樂與否畢竟是精神上的事情，一個人可以調整自己的觀念思想來轉化精神上的痛苦。」充滿智慧的倪匡說。

倪匡這話說得輕鬆容易，自己有時候都會快樂不起來，午夜夢迴，徹夜不能成眠。有時一邊走路，眼淚不禁流下來。

「醫生，你沒什麼事吧？你雙眼發紅流淚！」client 問。

「沒什麼事，是口罩纖維令雙眼敏感流淚！」我辯稱。

我知道自己並不能如倪匡般，容易快樂，我的基因充滿神經質（neuroticism），而神經質的遺傳系數差不多有四成。我的神經質來自我勤奮盡責的媽媽。所以我天生是傾向負面悲觀，要保持快樂，於我是一個生活態度、思想習慣。我期望自己能累積智慧來把人生看透，這是一生持續的修行……

「為什麼人這樣容易改變，經歷十年的友誼，前一陣子還是你的知心好友，下一刻句句説話直插心坎。

「我跟你説我不開心，你只是不停責罵我，又説什麼要『過濾』我的説話……這樣子，還算是朋友嗎？

「世界局勢動盪，俄烏戰爭，中美貿易戰……

「眼見走了差不多八成的外國 client，還有五成以上的中產家庭和他們的下一代，香港未來怎麼辦？」

當我不開心的時候，我儘量把自己退縮回自己的世界，不想跟人交際應酬，既沒精神也不想對著別人放負，或是強裝開心。

我會不開心、也容許自己不開心，情緒如浮雲一樣，會來也會去，多麼棒和多糟糕的情緒總都會過去。

我提醒自己不要想太多，一覺睡醒了，又是新的一天。

我尤其避免在自己不開心時反省檢討自己，因為會越想越鑽牛角尖。我會做一些令自己舒服、好過一點的事情：看影片，睇姜濤、睇天才表演（那隻會説話唱歌狗狗 Miss Wendy，和兩歲天才小鼓手 Hugo Molina，三歲的 DJ Arch Junior）。

若時間許可，我會上瑜伽課，我尤其喜愛冥想銅鑼（Gong meditation）和頌缽（singing bowl）。

我不喜歡吃東西（除了零食），所以凡人如我時不時都會適量地購物減壓。出入口店的老闆娘都認得我，見到我都眉開眼笑，心想：「條大水魚一早又來了！」我會坦白對她說：「我購物是來增加多巴胺的。」

所以我相信我現在的衣服，身型不變的話，應該可以穿上一百年以上。

*　　*　　*

倪匡是很快樂的人，這原是他的「宿命」。

快樂的相反是不快樂，抑鬱是一種腦部疾病，涉及血清、腦正腎上腺素、多巴胺的異常分泌。

抑鬱症是有遺傳性的，若父母其中一個患有抑鬱症，下一代有百分之十有機會有病，女生發病率是男生的兩至三倍。有所不知的是，原來一個人能不能夠快樂，有一半是天生的：是遺傳基因的結果。那麼，其餘的一半是什麼？

原來客觀環境只佔百分之十，百分之四十如倪匡先生所說，由你的思想習慣、世界觀、價值觀等決定。

以下就是快樂方程式：快樂 =50% 遺傳基因 +40% 思想習慣 +10% 客觀環境。

倪匡先生所言是非常正確的。

「苗醫生，我不贊成！你讓我中六合彩頭獎，我一定會非常之快樂！」有人對我說。

曾經有研究，對象是中了彩票頭獎的人，初期他們真的很開心，不過時間久了，他們也不會變得特別快樂。有些人甚至因為成為暴發戶，變得過度揮霍，不去工作，沉迷聲色犬馬，弄到婚姻失敗、生活潦倒，甚至妻離子散，欠債纍纍。

金錢絕對不是中性的，內心有貪念的人擁有金錢，會變得更加貪得無厭。一個人要能駕馭金錢，才可以好好地「擁有它」，而不是「被它擁有」。

只要外在環境不是天災戰亂，一個人擁有熱情和毅力會努力去拓展；相反，如果一個人只會怨天尤人，思想永遠專注於自我的感受和興趣，視野越來越狹窄，試問他怎能獲得快樂的機會？

最近我遇到不少人，因為受到全球疫症的後遺症和戰爭等影響而很不開心，感到前路一片灰暗。

「你看，大部分商店（除了食肆外）都是旺丁不旺才，現在市場一點也不理想！」朋友說。

大多數人困在監獄裡，是不會感到開心的，這是人之常情；但是反過來說，若果那所監獄是自己的情感思想所構建，而我們把自己緊鎖在當中，那何嘗又不是在建造一所更加糟糕的「精神監獄」呢？

情感監獄最常見的，是恐懼、妒忌、自責、貪婪、憎恨、忿怒、孤芳自賞等等。細心一看，這些情感想法大都聚焦在「自己身上」，對別人、對外界沒有真正的專注和興趣，若然有所關注，只在乎別人會否傷害、攻擊、剝奪我們，甚至外面世界能否滿足我們的自我需要和感覺。

一個被囚於自身之內而感到不開心的人，可以怎樣幫助他？

只要他繼續重複著自己不幸的原因，那麼他的自我中心、自以為是就成為惡性循環。

如果他真要跳出來，就得借助對身外的人和事物，培養真實的關注和興趣，這樣才會感到自己是生命之流的一部分。

有一個這樣的故事：

有一個女人，丈夫逝去，她感到很不開心，最後患上抑鬱症。她整天躺在床上，蓬頭垢面，家中凌亂不堪。

已故的著名治療師 Milton Erickson 來到這寡婦家中，探訪和評估她的狀況。Dr Erickson 和她只有很簡短的對話，他環視了屋內的情況後，就把注意力集中在一盆紫羅蘭上。

「多麼美麗的紫羅蘭！」醫生對寡婦說。

「你就多種些紫羅蘭花吧！」醫生囑咐她。

寡婦什麼也不想理會，但她顯然很願意也很擅長打理紫羅蘭花。

不久，寡婦的家開滿了一盤又一盤的紫羅蘭花。

「花也太多了，送些給鄰居吧！」寡婦說。

就這樣，寡婦和鄰居多了來往，寡婦把更多的花送出，收到的人都很開心，寡婦更為開心，她藉此走出了抑鬱的深淵。

* * *

所以重點是人不能單獨地存在，而是應該投入生命之流中，去付出、發現和創造。

意義，尋找但尋不見，因為意義是需要個人的積極投入和賦予創意。

我歷過的一件事：

在公營醫院的門診部門，有一個令人聞風喪膽的病人。

她最喜歡投訴醫生和護士，經常自殘，寄出血書給醫護。社工對著她，也頭痛不已，因為她每天可以打一百次電話給社工。

有一天，不知出於什麼原因，可能出於順手，她送了一條圍巾給我，那是她在日間中心用廉價毛冷編織的。我喜出望外，立刻把圍巾載著。

「多謝你，我很喜歡！」我對她說。

「這只是我在工場的功課。」女子説。

「但你開始關注別人，世界上不是只有自己，這是很好的開始。」我説。

「原來吸引別人注意，不用靠破壞性的行為。」女子説。

女子自小在家中被父母忽視，所以她用破壞的方式，去吸引大家的注意。

「被人罵也比被人當透明好。」女子説

於是她把在中心弄好的東西，送給身邊的人。她開始感受到施比受更為有福。

在之後的日子，她的情緒越來越穩定。

這個世上，真理往往充滿矛盾：能夠被愛，固然是開心幸福的一大源頭；不過刻意索取愛的人，往往不能得到愛。反過來説，得到愛的人，正是樂意給予愛、能夠去愛的人。所以當一個人內心充滿機心，待人接物機關算盡，他付出的愛都不是真誠的，這種愛又怎會有真愛的回報？

* * *

認識一個朋友 Eva，她因為家境清貧，學歷不高，在親戚的公司做會計文員，十多年來，親戚對她要求又高又苛刻，Eva 為了五斗米而折腰，不過她默默地進修會計師課程。到了最近，Eva 考到會計師的執照，含著淚向親戚遞上辭職信。

「我很矛盾，一方面多謝親戚這些年給我的工作機會，但我也很忿怒，他們知道我的情況，卻對我加倍刻薄。」

Eva 之後在一間會計公司工作，做得非常出色，得到上司的賞識。

「醫生，我很感恩。一直以來，我的親戚給我種種的困難，原來是我成長的磨鍊！」Eva 對我說。

一個感到幸福開心的人，能以客觀的態度安身立命，以平常心看待事情：「禍兮福之所倚，福兮禍之所伏。」禍與福互相依存，往往福因禍而生，而禍中也潛伏有福的因子。

* * *

Grace 是另一個「脫胎換骨」的人。

「苗醫生，說實話，我的生命是由四十歲開始！」Grace 說。

Grace 出身在平常家庭，爸爸是退休工人，媽媽是清潔工人。

Grace 有一個弟弟，父母重男輕女，弟弟結了婚，卻把孩子送到祖父母處，自己不單沒有好好工作，還又賭又嫖。

「爸爸不但沒有責罵弟弟，還把棺材本都給了他還債！」Grace 說。

Grace 中學生時，開始情緒低落，他被堂叔父非禮，父親知道後也無動於衷，絲毫沒有支持 Grace 的說話，或想辦法保護她。

「苗醫生，我相信真是有命運這回事。我很多同儕，家庭背景都比我好，父母都疼愛他們。」Grace 說。

「他們永遠不會明白我的感受！

「因為情緒不好，學校社工轉介我去看醫管局的精神科，但我對治療的反應不大好。」

「你不要打算升學了，快點出來做事，那麼你就沒有時間胡思亂想。」其中一個精神科醫生說。

「後來我看了另一個精神科醫生，他只是對著電腦開藥，看也沒有看我一眼。」Grace 說。

為了自己的人生可以重來，Grace 希望找到一個合適的精神科醫生。

「我的情緒病就是我的『歲月神偷』！」Grace 說。

Grace 的情緒越來越穩定，她一邊工作，一邊唸大學，最近她發表了一篇文章參加比賽，還得到優異獎。

其實精神疾病不能康復，其中一個最大障礙，是病人不遵醫囑！

「醫生，我的成長算是坎坷，但當我情緒穩定下來，就能夠客觀、冷靜、正面思考。我還可以有機會努力工作和學習。

「原來能夠努力，不被情緒控制，那種感覺是多麼美好！」Grace 說。

當事人的情緒病治好後，能否保持快樂，確是一種能力、一種生活態度、一種思想習慣、一種處世智慧。

笑話兩則

精神科有搞笑事情嗎？

回想起來，果然是有一些！

話說我有一個下屬，說他見了一個奇怪的病人。

「她一直堅持可以跟一條魚溝通！」下屬說。

「好吧，讓我見見她！」我說。

「醫生，我跟我的『蘇眉』真是溝通得很好，張醫生不信！說這些全是幻覺！」女子氣紅了面說。

「蘇眉是 soulmate 嗎？」我問。

「正是！」女子看來如釋重負。

「張醫生，看來你太愛吃了，竟然把 soulmate 聽成蘇眉魚！」我說。

結果女子經過兩天觀察，就出了醫院。

＊　＊　＊

我有一位男病人，大約五十歲，家住山頂獨立屋。可能因為之前被女人騙了很多金錢，所以為人非常計較和吝嗇。

「醫生，你可唔可以寫一個證明，讓我不用接受新冠病毒疫苗注射？」他苦苦哀求。

「我不能給你開這樣的證明！」我堅持說。

後來護士為他約了一位私人醫生，讓他評估情況，是否可以豁免注射疫苗。因為溝通上的誤會，護士竟然替他預約了接種疫苗。

「吓，醫生你為何這樣做？要錢的嗎？收費如何？」病人問。

「注射疫苗是免費的。」我答。

結果他乖乖地注射了疫苗，還多謝我替他預約。

山頂富翁吝嗇到這樣一個地步，真令人啼笑皆非！

有一次，我想他因為寂寞，打了電話給我，問我：「你的護士結了婚嗎？」

「她已經結了婚，他的女兒還生了孩子，她現在是一個婆婆。」我答。

「我還想追求她，因為她好像對我特別關心！」山頂富翁說。

「你這樣晚給我電話，就是問這些？」我有點惱了。

第二天我把這事說給護士聽，大家都哭笑不得！

我要學習倪匡，在負能量中找出笑點。

病識感的迷思：把醫生變為仇人

縱觀醫學的各種不同專科，沒有精神科比其他專科更充滿弔詭的了！因為很多患者都意識不到，自己生病了！

幾年前，我有一個病人 Ken，他是很負責任和勤奮工作的腸胃科醫生，有一天，Ken 來 到了我的診所。原來上司不讓他上班，他不能做他熱愛的臨床工作，感到又羞愧又憤怒。

「醫生，部門的人都針對我！他們每個人都不懷好意！」Ken 對我說。

「為什麼你這樣說呢？」我問他。

「他們把病人當成實驗對象，在病人身上試用一些有爭議性的治療。病人和他們的家人統統都被蒙在鼓裡！當他們發現我知道這個詭計和勾當後，就千方百計地去逼害我！」Ken 氣忿難平的說。

「竟然有這些事？」我吃驚地回應。

「他們知道被我識穿了，就篡改病歷更離譜的是，他們反口惡意批評我的醫療技術有問題。」Ken 越說越激動。

後來我從 Ken 處得知，他的部門主管因為他召開了幾次會議。最後不得不要求 Ken 看醫生，放病假。

我好不容易才能把 Ken 的大致情況弄清楚，因為 Ken 堅持不要家人提供資料。我根據臨床診斷，Ken 應該患上妄想型的思覺失調。

Ken 的病不難診斷，甚至醫治也不太難。以我多年的行醫經驗，他的病應該很容易「藥到病除」：藥一上腦，病就會好。

但治療 Ken 最具挑戰性的部分，就是他「缺乏病識感」（insight)。

弔詭的是：缺乏病識感是思覺失調的一個病徵，也是令患者沒辦法接受有效治療的一個障礙。

我真是想不到有另外的身體疾病，病徵有著這樣「咒詛性」的後果。

在世界衛生組織（WHO）的思覺失調研究中，缺乏病識感是最具跨文化共通性的普遍特徵之一。研究亦顯示：有六成以上的思覺失調患者呈現中度或重度的

「缺乏病識感」。

在有關病識感的相關研究中，至少可以歸納出四種常見的情況：

1. 病識感在不同精神疾病的範疇裏，所指涉的各有不同。換句話說，在思覺失調、鬱躁症等精神病的「缺乏病識感」，以致強迫症、人格異常、失智症等精神疾病中所對應的「缺乏病識感」，意涵是不同的。

2. 在臨床上，缺乏病識感的現象，往往不是一種有或無的狀態（all or none），它常常是一個連續體（continuum）：換言之，病人有不同程度的「缺乏病識感」。完全的病識感，就是指「患者知道自己生病，也願意配合就醫」。

3. 病識感不是一個單一的概念詞，它牽涉到有關疾病經驗：例如知道自己所經驗的是病徵，以及對醫療認識，例如明白為何要治療，治療的重要性等不同的範圍。

4. 吊詭的是，病識感的獲得或恢復，未必能夠在治療上帶來正面的發展，因為這牽涉到疾病與病人身份，常常帶着「被污名化」（stigmatized）等因素。因此好多精神病患者一旦恢復了病識感，反而導致抑鬱或自殺的傾向。這種現象，被稱為「病識感的悖論」（insight paradox）。

筆者想強調，沒有病識感，不等同於患者對疾病，因為不夠了解而導致的諱疾忌醫。另外，精神疾病的「被污名化」stigmatization，也會令患者不肯接受自己的真實情況。

說回 Ken，我在最初一年，用了九牛二虎之力，終於令到 Ken 肯吃藥，他的情況也隨之大為改善！不過過了一年後，Ken 自己自行減藥，結果他的「缺乏病識感」，加上他的妄想徵狀，竟將我當成他上司的同謀。結果是，我把他轉介給別的醫生。

要令病人增加「病識感」，社會上對大眾精神疾病的教育和「去污名化」（destigmatization）是刻不容緩的。無論如何，醫護人員若果能夠對患者展現多一點的同理心，建立良好的醫患關係，再透過這關係來進行多點的健康教育，令患者能循序漸進地明白、接受自己的情況。這個過程是充滿挑戰和極之需要有耐性的。若患者能明白和接受適切治療的重要性，那麼病人康復之後，也就更為正面了！

我寫出這個故事，只是想說明世事的荒謬，所以更要像倪匡，一笑置之。

倪匡是外星人？

我第一次「認真對待」外星人，是上岑逸飛老師的易經班。

一直以來，覺得那些標榜外星人的報導，都是呃神騙鬼，故弄玄虛。

「易經博大精神，上至天文下至地理，由宇宙穹蒼到基因排列構造，由醫學到建築，到電腦程式語言，都包含易經智慧。

「易經有三易：簡易．變易、不易！」岑老師說。

接著老師說伏羲、女媧，二人人頭、龍或蛇尾交織，螺旋形地纏在一起。

「類生物遺傳基因——脫氧核糖核酸，即 DNA，是由詹姆斯華生（James Watson）和克里克（Francis Crick）、威爾金斯（Maurice Wilkins）等 3 人，在 1953 年共同解開了它的雙螺旋結構的奧秘。他們在 1962 年同獲諾貝爾生理醫學獎。

DNA 的雙螺旋結構圖，竟然與伏羲女媧的螺旋式體態驚人地相似，一時間引發人們對於生命來源的追尋思考。

「你們還留意到什麼？」岑老師問我們。

全班同學中，Ada 天賦最高：「老師，我留意到伏羲左手持矩，女媧右手持規！」

「對，這是既有遵規守矩之表意，也象喻着一種宇宙自然的法則。

「這樣子的智慧，應該是來自外星人的！」老師説。

*　*　*

在之後的很多場合，老師都提及外星人：

很多古文明，如瑪雅文明、古埃及金字塔、甚至四川發現的三星堆，都極有可能是外星人遺下的痕跡。

倪匡的衛斯理系列，就不斷提及外星人，特別是《藍血人》這本書。

「我十分相信外星人，在浩瀚偉大的宇宙中，有無窮無盡的銀河系，而我們在銀河系中，只是在太陽系一顆微不足道的行星。在地球可以有智慧生物，別的星球一定有。

外星人只有在他們的科技發展足夠先進發達，才可以接觸到別的星球。所以我認為來到地球的外星人，一定比我們更為先進。我亦相信，只有道德良好的星球，才可以發展高科技，因為若星球人之間充滿仇恨，互相廝殺，科技只會把自己的星球弄到一團糟，像藍血人在悲劇中回歸自己的星球一樣。

所以有別於一般人的想法，我認為外星人是既有智慧，更是善良的。

所以外星人是不會霸佔地球，因為他們的星球條件一定比我們好。他們貪圖你什麼？

古代的人為何懂得把水果農作物拿去釀酒？我認為那是外星文明。這樣的例子不勝枚舉！」倪匡在一個訪問說。

大衛威爾科克（David Wilcock）在他與外星人接觸之後，也曾說過：「95%的外星人都是積極正面兼且善良，而邪惡的，則呈現爬蟲動物的樣子。」

不過最令人嘩然的，就是他說：「我相信上帝也可能外星人！祂管治整個地球，能力超大，你是鬥不過祂的，而祂所做的也是為了你好。」

我有點懷疑是否倪匡就是外星人，因為只有同類才容易識別出「自己人」！

相信很多人都覺得倪匡很另類，甚至不是一個「真正的基督徒」。

倪匡深信耶穌，他把自己全然交託：「祂叫我做乜，我就做乜！」但他從不返教會：「耶穌叫我唔好返，我也不知點解！」

可能倪匡最為遺憾的，就是沒有親眼看到外星人。（我看是不用看了，照照鏡子就行。）

最近，有個美麗的小姐跟我說：「苗醫生，我見過外星人！」

「真的？」我當時一定雙眼發光。

「有一天接近黎明時分，我感到自己胸口站了一個小灰人：小灰人有雙充滿皺紋的面孔，一面打量着我，一面用他很長的手，直指向我的喉嚨。我當時懷疑自己發夢，我想大叫，但出不了聲，之後我喉嚨就發出像機器一樣的聲音。」美女說。

我知道為何外星人要找她，因為美女真的有點從別的星球來的感覺，飄逸迷漫。

*　*　*

「我說的，不是無的放矢！

「以前台大校長李嗣涔就寫了一本書有叫做《靈界的科學》，你們可以找找這書看。」岑逸飛老師說。

岑老師環視他6位易經學生，大部分是醫生。

我立即在書店買了李教授那本《靈界的科學》；在前部份，他用雙盲實驗證實了「天眼」：孩子可以透過「天眼」用手指識字，在書的後半部份，李教授提到有沒有靈界，在我們的世界之外，真有神、佛、靈界？

在書中，天眼對「耶穌」、「佛」和「老子」這些字都有反應。

李嗣涔教授說到用天眼去尋訪外星人（以下節錄《靈界的科學》）：

二○○二年六月，我們想到可以利用天眼穿越虛空，到遠方的先進文明世界去參觀，但是要怎麼做呢？一個方法是懇請曾參予用手讀字的T小姐，在靈界的師父幫忙，帶領她的天眼意識去找到先進文明所在之位置，以及觀察外星人生活的情形。

六月二日，我們開始用紙條寫下問題，由T小姐以手指識字方式送給她的靈界師父。

T小姐問：「師父，你可不可以介紹一個外星人與我們聯繫？是不是要利用信息場作為媒介，再經過天眼？」

在手指識字三分鐘後，T小姐天眼一開把問題送出去了，再過三分鐘後，師父在天眼出現，「點頭」表示同意，接著用英文說了一句話抱怨我們：「Are you guys not satisfied ?」（你們這些傢伙還不滿意嗎？）表示我已經告訴你們那麼多的秘密，還來煩我。

於是我趕緊誇讚師父說：「您大德大能、法力無邊，我們有心求道尋訪外星人，您就幫幫我們吧！」一分鐘後，祂笑一笑說：「下一次。」實驗就結束了。

到了六月三十日，我們再次進行手指識字實驗，在紙條上寫下問題。

小姐又問：「師父，你上次答應要介紹一個外星人與我們聯繫，是不是可以開始與我們對談？」

師父：「不用急，我會主動跟你們介紹。」

顯然祂忘記了，我們開始責備師父。

T小姐問：「您是神靈啊！怎麼可以說話不算話？」

師父：「唉呀，不要急啦！」

我聽見祂有點生氣了，不敢再逼，以免祂真正生氣不帶我們去聯繫外星人了。

這樣又等了半年，師父仍然沒有主動介紹，於是在二〇〇二年十二月二十六日，我們再次進行手指識字實驗，在紙條上寫下問題。

T小姐問：「請師父介紹一位外星人與我們認識，或先介紹這位外星人所住星球的位置，其生活環境情形在天眼中顯示。」

三分鐘後，師父回覆了。

師父答：「Any kind？No specific?」

師父答應了，狂喜之下，我馬上回應：no specific，講完後就後悔了。我們應該去看先進文明的星球，不需要再去看恐龍獨大的世界。一分鐘後師父又回覆了：「Let me find for one week !」

祂需要一個禮拜時間去找。

接著我注意到T小姐手掌上量得的電壓不停地出現一個一個脈衝，表示天眼一直在閃，我問怎麼回事？

T小姐說看到師父的手在動，好像在找東西，我猜祂是在虛空的觸控平板上撥動銀河星系圖，找一顆適合我們去參觀的星球，就像我們轉地球儀一樣在找地球上某一國的位置一樣。果然一分四十秒後，師父回覆了。

師父答：「Hmm……ok, I will tell her slowly.」

他已經找到了，但是會慢慢地讓T小姐看。

果然不錯，二〇〇二年底，師父帶T小姐的意識去看了一個外星文明，她把外星人畫了下來：

外星人有兩個眼睛、兩個鼻孔、一個嘴巴、兩個耳朵但沒有耳廓、雙手雙腳、手只有三個手指，其中一個指尖碩大，像好萊塢大導演史蒂芬史匹伯所拍的電影《E.T. 外星人》裡面的外星人，我突然懷疑起史蒂芬史匹伯是否像我們一樣，也看過外星人。

T小姐這樣描述她看到的外星人：他「看不到腳」、「行動真的很快」、「皮膚很黑有些發亮、像是穿著一層外套」、「他頭上像是有一根天線，因為我注意到外星人沒有手機，但是自言自語，好像是在通信」。

到了十多年後，我才明白為什麼看不到外星人的腳，為什麼行動很快，因為他們腳上都穿了步行器，能快速來回擺動行進。

接著，T小姐看到一顆樹上面掛滿了閃亮的燈，周邊一片黑暗，沒有陽光像是晚上。這倒很像地球人類文明中，晚上會在樹上掛燈的習慣。後來，T小姐又看到一個像魔術盒的機器，她看到外星人用手指在鍵盤上打字，突然有一個東西從魔術盒出來，外星人一下就把這個東西放入嘴巴吃掉，速度太快看不清楚。於是，我們請問師父這個機器有甚麼用途？師父回答：「這是他們所發明的，可以獲得任何東西。」

這不是哆啦A夢的任意機嗎？我突然開始懷疑哆啦A夢的作者藤子不二雄是否也去過外星參觀？顯然外星人敲入食物名稱，食物就送出來了，被外星人一口吃掉。

接著，T小姐到了外面空曠的地方，又看到許多三隻腳的機器，於是我們請問師父，這個機器有什麼用途？師父回答：「交通工具」，像是小飛碟。

參觀完後，我開始請T小姐請教師父一些這個星球文明的問題。

T小姐問：「這個外星人所居住的星球，是在我們的銀河系中嗎？」

師父答：「YES!」

T小姐問：「是在哪一個星座？」我攤開星座。

師父答：「Twenty, thirty，go up and little left，pretty close。」

Twenty, thirty，指的是天球上的赤經赤緯，此星球的所在地在天鵝座（Cygnus），旁邊是織女、牛郎及天津四所組成的夏天大三角。

後來，我用天文物理界所用的 Sky-6 星座軟體，不斷放大附近的恆星群，再由T小姐的師父透過她的天眼指認一顆距離地球四百三十八光年的中等恆星。也就是電磁波來回一次要八百七十六年。如果我們在宋朝時發射一個電波信號去打招呼，要到現在才能收到回音，再次表明用電磁波進行星際通信是毫無意義的事情。

我繼續經由T小姐請教師父問題。

T小姐問：「他們的科技層次如何？可以進入信息場到地球來嗎？」

師父答：「比你們好；是的！他們可以來地球，來過好多次了。」

T小姐問：「他們吃的東西與我們是否一樣？」

師父答：「Yup！不同。」

T小姐問：「他們的遺傳基因是否也是DNA？」

師父答：「他們也有這些東西。」

T小姐問：「下次來地球時，我來接待可以嗎？」

師父答：「哈哈！沒那麼容易，時間不對。」

＊　＊　＊

我為何要節錄這一大段？因為過程實在很具體和不可思議。

根據李教授的推斷：真實的宇宙，不只是單一時空的「陽間」，而是「陰陽間」俱在的複數時空。

宇宙中能與電磁波有交互作用的「物質」（matter）只佔宇宙三成左右，還有我們不能夠感知的「暗物質」（dark matter），佔了七成。

倪匡曾說，你身邊可能鬼多過人，只是你不知道而已，因你的腦電波沒辦法感應得到鬼的存在。

＊　＊　＊

我成了李嗣涔博士的書迷，所以他最新的著作《撓場的科學》，我也立即拜讀。

李教授曾去過倪匡的家，教授說倪匡跟特斯拉一樣具有特異功能，叫做聯覺（synesthesia）。

根據李教授推斷，倪匡能夠一天寫出一本書，因為他寫作的時候腦中像看電影，他只是把電影中的影像寫出來成為文字就好了，所以寫作速度特別快。

倪匡的驚人創造力，是因為有聯覺這特異功能！這印證了倪匡好朋友的傳言：一位文化界朋友說，倪匡一天可以寫幾萬字，因為他是「一台人工智能機械人」，不停輸出資料，右手疾筆行走，左手把稿紙拉過去來配合他的文字輸出的速度。倪匡寫作是想也不用想，所以宿醉也能寫，把神奇魔幻故事寫出來！

難怪他的好友蔡瀾說：「倪匡不是人，是外星人。」

金庸的評論更深入：「無窮的宇宙，無盡的時空，無限的可能，與無常的人生之間的永恆矛盾，從這顆腦袋中編織出來。」

所以當看不到「電影」時，外星人不再播放信息時，倪匡寫作的配額也就用完了。

「當我寫作要等待靈感時，我知道我寫作配額已經用完。」倪匡曾說。

倪匡說，他的題材大多來自中國的神話。他最推崇的，是還珠樓主的《蜀山劍俠傳》。

「我覺得中國古代的神話有無數幻想故事的題材在裏面。另一本就是《山海經》，能寫出很多故事。我設想《山海經》是一架宇宙飛船在宇宙航行，走到不同星球看到不同的東西，過着星際探索的日子。」倪匡說。

科里古德（Corey Goode）出生於美國的德克薩斯州，他自五、六歲開始，前半段人生都在與星際宇宙打交道。他在十二歲時加入了一個叫做「直覺先知支援」的地球代表項目，之後在超級聯盟服役了二十年。

在他退役之後，有個藍鳥人找上了他。藍鳥人是一個鳥頭人身的外星人，身高在2.3米，身上長滿藍色羽毛。

科里古德說：「藍鳥人生活在第六維度，而人類只是第三維度。按照宇宙劃分的維度，第六維度是愛與智慧的結合，所以藍鳥人對人類非常的友善。

它們不止一次的來過地球，想告訴人類地球未來要發生的事情，但都被錯誤的理解為是神仙，並將自己告訴他們的信息配合自己的慾望而加以扭曲，最後形成了邪教。」藍鳥人找到科里古德是因為他是星際種子，它需要透過科里古德，來幫助人類度過難關。

《山海經》中，就不乏這些鳥頭人身的神仙妖怪！

只有初中程度的倪匡，在他一本又一本的衛斯理小說系列中，揭露了外星人的真相！

像《影子》這個科幻小說，就是其中之一：生命體的出現不是細胞的形式，而是只得兩個維度，表現出影子的樣貌。

原來這個世界，除了固體、液體、氣體的形態外，還有等離子體這種形式，它隨著電磁場而改變，可以表現出影子這形態。

科里古德對於外星人這題材很有發言權，他在宇宙揭秘節目中，曾提到「影子」這種特殊的生命形式。影子這種生命以等離子體這種形式存在，以電磁場為食物，是在木星附近發現的。

倪匡的另外一本書，叫做《第二種人》。書中的主角發現，地球上除了「純動物人」外，還有第二種人存在，乃由動植物未分化時的生物體進化而來。第二種人外型與第一種人相似，然而體內細胞含有葉綠素，呼吸會呼出氧氣，情緒激動時，臉上呈現綠色。這第二種擁有植物的特性，皮膚泛綠，具有光合作用。

世人以為這只是倪匡的幻想。其實在外星球上，已經發現這個現象。大衛（David Wilcock）是一位出名的研究人員和講師，在他書中也有著暗綠色皮膚的族群，他們能進行光合作用。

* * *

倪匡的小說中，有許多預見未來的能力：

他的作品《聚寶盆》，就像現代的3D打印機。「那我們可以印銀紙！」陶傑笑說。

「印了也不能用，總不能每張銀紙編號都是一樣！」倪匡笑說。

此外，他也「預言」電腦最終會操控人！

在《玩具》那本書中，最初講述衛斯理在火車上認識了浦安夫婦，而浦安夫婦在火車上認出了陶格夫婦和一對小孩，那是他們9年前的鄰居。怪異的是那對小孩仍然是小孩，不是青少年。之後，浦安夫婦竟然毫無徵兆的猝死，只留下一句：「他們殺人！」

故事描述了衛斯理因為追查陶格一家，自己也被俘虜到了未來，如陶格一家那樣，也成為了機械人的玩具，當衛斯理進行大逃亡回到現代，發現這也是機械人的另一種玩樂方式。

故事其實描述地球人在未來被電腦統治的悲劇，想起來也十分恐怖！所以倪匡十分反對人工智能，因為人類會變得越來越懶，他認為最終人會被AI所操控！

「你們要小心人工智能！你太依賴它，有一天它比你聰明，它會造反，把你反噬的！」「外星人」倪匡說。

《人類大歷史》（Sapiens）和《神人》（Homo Deus）作者哈拉瑞（Yuval Noah Harari）在新作《今日簡史》中說：「超人」一族將顛覆世界，人類正錯過規管AI的時機。哈拉瑞提醒大家：「人類在面對生物技術和人工智能將會顛覆世界，氣候變化越演越烈之際，還在討論什麼國族情緒、貿易戰等……」

人類在真正的大問題面前，總是失焦。他認為，國族問題、英國脱歐、貿易糾紛，全部都是令人轉移視線，並非至為關鍵的問題。

「今天，甚至將來都會有很多人認同這場新競賽創造出超人一族（superhumans），任由平凡的智人漸漸變得落伍過時。」

哈拉瑞認為，應對這些未來挑戰，第一步是全球合作規管人工智能：「我不是說要成立一個全球政府或者全球帝國，無需要推到極致，但必須是一個強而有力的國際合作去監管。」

哈拉瑞畢業於哈佛大學的歷史系，現在在以色列大學任教，與初中程度的倪匡的見解巧合地雷同！

倪匡不是外星人，還可以是什麼？

相信外星人倪匡已返回他的星球，多謝你曾經到訪過地球，帶給我們這麼多的快樂和智慧。

李嗣涔教授《靈界的科學》：當量子心靈碰上神佛

李嗣涔教授《撓場的科學》：人類的下一步！

《人類大歷史》（Sapiens）和《神人》（Homo Deus）作者哈拉瑞（Yuval Noah Harari）：Reveals the Real Dangers Ahead

神聖的生命

我之所以寫這個故事，是因為我覺得文中的女子，可能是外星人！她因為喜愛物理和科普，而治療了成長時長期的心理忽略和性侵犯。

* * *

很多人奇怪，我英文不好，為何會嫁了個外藉丈夫？

我其實也不知道為什麼跟他在一起。我從不在乎天長地久的愛情。可能因為言語不通，我總是懶得跟丈夫爭拗。還有，每逢我看到他深邃的雙眼，我的心就給他的英俊面孔融化了，根本提不起勁跟他吵。

我跟這個丈夫結婚，不求深入的了解溝通，也許只是為了動物之間的陪伴和溫暖！

我不懂得愛，我也不知一個被愛的人是怎樣的。因為我在成長過程中，我從來沒有經歷過被愛。

我是媽媽第三段婚姻的孩子。我媽媽在月經初潮時被父母賣給一個老頭子，在這段「爺孫婚姻」下生下了三個孩子。老頭子只把媽媽當成洩慾工具。她後來跟一個男人私奔。不幸的是，那個男人對媽媽又打又罵。媽媽在第二段關係中又生下了兩個兒子。因緣際會下，媽媽最後嫁給我的爸爸。在這段婚姻中，媽媽只生了我一個。爸爸也不是一個好丈夫，他在內地是有家室的。

爸爸從來沒有打罵我，我跟他的關係冷淡疏遠得很。

我沒有心機上學，十八歲那年跟了我的同母異父哥哥到了台灣生活。這是我人生中最悲慘的回憶，因為哥哥多次性侵我。

「媽媽，哥哥多次把我強姦，我恨透了他。」我告訴媽媽。

「有什麼大不了，他是你哥哥，看開一點就是了。」媽媽若無其事地說。

我感到失望、沮喪和絕望，還有極大的憤怒。我恨我媽媽，更甚於傷害我的哥哥。媽媽身為女性，她應該知道我被哥哥亂倫施暴的傷害。

我在香港做過很多行業，但工作都維持不長，原因是我和同事好像生活在不同的世界，我感到跟他們一起顯得格格不入。人際關係的不擅長，令我不能做下去。

我不時有壞情緒，當「它」襲擊我時，我有股不如死了乾淨的衝動。為了分散注意力，我會打防止自殺組織的熱線，一邊傾訴，一邊等待壞情緒的離去……

* * *

聆聽著 Heidi 訴說她的故事，我的心在淌淚。

「你的情況，應該屬於複雜性創傷後壓力症候群（complex post traumatic stress disorder C-PTSD）。」我對 Heidi 說。

許多時候，不只是突發的創傷事件才會造成心理創傷，一個人若果長時間承受著生理、心理的折磨、打擊，尤其在成長過程，受害者會陷入與加害者一種不可分割、難以脫離的關係，有可能形成複雜性創傷後壓力症候群（C-PTSD）。C-PTSD 最常見的病徵，就是壞情緒的回閃（emotion flashbacks）。

「醫生，我最近已經好一點，我比較穩定的時候，會看李嗣涔教授和陳志宏博士的視頻。我最愛看霍金的書。」Heidi 說。

我知道 Heidi 的興趣後，感到很意外。

「在量子物理學的世界，我感到充滿奇趣，不可思議，令我感到天地之大，粒子之微細精妙，人在其中只是螻蟻，」Heidi 說。

難怪她不停望向我的書架。我隨手把一本霍金的書送給她。

「我也看過李嗣涔教授的書，最近他那本《撓場的科學》，讓我嘆為觀止！

「原來我們是同路人！」Heidi 顯得很高興。

*　*　*

Heidi 的進展很好，她的外藉丈夫我也見過，是一個簡單善良的人。

Heidi 的情緒漸漸穩定下來。「醫生，我不怕光了，以前陽光令我很害怕，想逃避。現在我可以在早上散步。」Heidi 告訴我。

Heidi 令我驚訝的，是她在情緒和身體創傷之外，還保持著孩子般的初心：對宇宙的好奇，對物理學世界的著迷。

「從來沒有人跟我談這些的。」Heidi 說。「人們覺得我是個畸寶。」

「在我眼中，你創傷的背後，是神聖的生命！」我由衷的說。

我不禁在想，除了開對了藥物外，Heidi 療癒的契機是什麼？我想可能就是那份相識相知的關係。

讓我們一起迎向光明。

乜翁：坦然面對死亡

倪匡多年來飽受疾病摧殘折磨，二〇二二年7月3日，傳出他病逝消息，終年87歲。

「再過一年，我就可以説自己有九十之壽，四捨五入嘛！」倪匡在84歲時笑説。

媳婦周慧敏遵奉倪匡的遺願：不設儀式、一切從簡。訃聞只有：「倪匡先生蒙C寵召。」倪匡的遺體是直接移往哥連臣角火葬場火化。

陶傑得知倪匡逝世，説死亡對倪匡而言是「解決」。

「佢份人鍾意玩，唔怕死，想早啲解決。」陶傑説。

＊　＊　＊

在2019年，84歲的倪匡獲邀出席香港書展舉辦的講座，他在台上演講期間，説自己患上癌症，而且全身病痛多多：「你説得出的病我也有！大大小小的病，直把我折磨了多年！我現在是朝不保夕。」

倪匡坦言：「在過去十多年，我看過七位專家，其中有三個說我有皮膚癌，有四個說我只是患上濕疹，現在那塊皮膚上生了一個奇怪的瘤，我決定放棄任何入侵性治療，反正我已經老了！

「現在我決定放任不管，把病當成濕疹醫，只會用藥膏減輕不適。說到底，終有一天我都會離開世界！」倪匡說。

倪匡還分享了自取的一個外號，叫「84匕翁」：「84係我嘅歲數，匕係匕首嘅匕，死字去一大半就是匕字，匕翁就就死了一大半的老人。

「生命嘅配額剩餘很少，我現在行三分鐘路就不行了，每日生活就是看報紙和書，陪陪腦退化老婆，睡得很多，一日好快過。」

倪匡對死亡看得很開，在陶傑的訪問中，他坦言最好早日離開人世。不過他見到倪太時立即板著臉，逗著她說：「不死、不死！還有時間。」那一年，倪匡84歲。看來他最放不下，就是患有腦退化的倪太。

*　　*　　*

寫下這篇文章時，恰好是清明時節。到了父母的墓園，感到這是一切生者的必然歸宿。墓園是一個讓人好好安靜下來的地方。

孔子說：「未知生，焉知死？」

存在主義者卻說：死亡令人知道生命的限度，反而令此生過得更痛快精彩：「未知死，焉知生？」

時間給不同的人帶來不同的禮物，經歷不同的命運，而對所有的人都相同的是，這份禮物終於會被死亡帶走。

我做瑜珈時，會很用心做好每一個式子。當我在班上，看到有些人很優越，有些人很笨拙，不過最後的式子，就是「死屍式」（corpse pose）。瑜珈提醒我們，到了最後，要把一切放下。

那麼為什麼還要苦練瑜伽式子？今天我可以做到的，明天身體情況未必可以可以。瑜珈讓我領悟生命和死亡：活著時要努力、珍惜；但到該要放下時，就要把一切放下。

經歷過瀕死體驗的人，九成以上對生命都有一種超脫的徹悟，他們都能把靈魂當作人生中唯一永恆的價值看待，據此來確定自己的生活方式，從而對過眼雲煙的塵世生活持一種超脫的態度：生命大於肉身，死亡揭示了肉身的有限，卻啟示了生命的無限。

生命的內在疆域無窮無盡，每一個當下即是永恆。

日復一日，但每一個人都可能突然遭遇沒有明天的一天。

我有一個在瑜伽班上認識的朋友，她早年患上甲狀腺癌，但已經痊癒。有一天，她忽然感到全身骨痛，最後她檢查的結果是患上乳腺癌，並已擴散全身。

曾經一段時間，她為了不可靠的明天，付出全部心力：如何處理好工作、開好無盡的會，如何管理自己的財政、安頓好家人等。

「我好慶幸自己還有做瑜伽，瑜伽令我能夠靜心，把生命回到原點，否則我們就會很容易把每一個今天都當作手段犧牲掉了。」她說。

朋友最後很安詳的離開這個世界。

周國平曾經引用尼采的話：「面對性質可疑的人生居然不發問，是可恥的」，他說當他知道還有這麼多人關心人類本源的問題，他感到很高興。

死亡是人生哲學最重要的問題之一，也是對人生意義的最大挑戰。人生有四大存在焦慮：死亡、孤單、自由、荒謬。

我眼見不少老年的「淒慘光景」往往不來自於生活，而是死亡的臨近。不少人物質條件很好，但生活得不開心。我相信，每個人都需要擁有一種清晰連貫的人生哲學或宗教信仰，它能夠使我們更加從容地接受死亡。

* * *

我有一位好朋 Tony，他是很出色的面相大師。在 2017 年，我經歷了他垂死掙扎的過程。那一年我充滿痛苦、黑暗和內心的疑惑。

我是在 2006 年認識 Tony 師傅的，他當過美術指導，也善於相學。那年我因為工作感到十分不開心，感到迷惘，想得到玄學上的指點迷津。當時 Tony 師傅替我卜到蹇卦。是水山蹇，是叫停，前往又危險之象。

「你在部門升職是無望的！」Tony 說。

「我不是要升職，但要我屈服於一個能力不足的人，又不是我性格可以做得到的事。那位仁兄沒有自知之明，要話事但不做事，有權無責，整天只懂閉門做車，病人由別人去負責。

「我知道我自己也有很多問題，諸如霸道，自私，權力慾等。但我不會輕視醫治病人的工作，這是我行醫的使命，事實上，我喜歡臨床多於行政工作。」我說。

Tony 很快就看出我的心結，並鼓勵我出來開業。「你一定有屬於自己的一片天！」

當時我很猶疑不決，因為醫管局好像是我的家，我的工資也豐厚，離開這種大機構令我感到迷茫和惶恐！

Tony 知道我不斷拖拉著，直到有一天，我真的不得不離開。

* * *

我開始私人執業時，找我的病人也不少，但當時我的合作夥伴對我很粗暴無禮。我又去找 Tony 師傅，他親自到我診所去，看看我的情況和當時合作夥伴的面相。那是 2012 年 3 月份，在復活節前。

「苗醫生，你要離開這人，自己開業！」師傅斬釘截鐵地對我說。

「2013 年好嗎？因為到時候，我可以跟別人分租地方用。」我說。

「2013 年太久了，你四月就要開始準備，六月正式離開。再遲離開，你死得了！」師傅說。

「為什麼這麼急？」我問。

Tony 師傅對我說：「你的合作夥伴並不適合你！」

在我丈夫和嫂嫂的幫助下，一切好像水到渠成。在 2012 年 6 月我正式由中環搬到銅鑼灣。

除了一小部分頗為有挑戰性的病人較為纏身外，我的新診所慢慢地也站穩了陣腳。

我對 Tony 師傅真是大為感激。

「你會慢慢好起來的！你是一個好醫生。」他堅定不移地說。

自此以後，我在人生迷惘時，都會找他商量。

* * *

2013 年年初，Tony 師傅打電話告訴我他的病。

「苗醫生，我得了頭頸癌，第二期，找不到原位，醫生要我電療，但範圍很大。我拒絕了！我不想要後遺症！」師傅對我說。

我很傷心，便找了兩位名醫，替他預約，陪伴他聽醫生的意見。

「頭頸癌對電療的反應很好，你不要錯過治療黃金期！」醫生叮囑 Tony。

最後師傅選擇了看中醫，我也無可奈何！因為我是永遠說不過他的。

我知道師傅唯美，他怕副作用影響外觀，他更怕清晰頭腦和敏銳的五官被破壞。

* * *

在這五年內，我隔個月就找師傅吃飯，還介紹一些朋友跟他一起聚會。師傅情況一直不太差，他會開心地跟我們有說有笑。

我心中很仰慕他，因為儘管有病，他很積極正面地過日子。

「苗醫生，金錢易得，清譽難求！」我很感動。我心底深處真希望中醫能治好他，儘管我認為有點不切實際。

在 2015 年，我要求師傅開面相班，還找來五位同學，每個周末下午就在我診所教授。

「師傅，你有信仰嗎？你的力量在哪裡？」有一次吃飯後我問他。

他當時指一指自己的胸膛：「在這裡！」

莫非這是視死如歸！那麼豁達的心態，把死看得像吃飯般平常，真難得呀！還令我感動的是，師傅雖有重病，還是樂意幫助別人，向人慷慨贈言，開解鼓勵來找他的人。

＊　＊　＊

二〇一七年年初，我目睹師傅的腫瘤越來越大。三月份，他已經不能再教我們面相。

師傅對我說，他經常痛得不能入睡。我給他開了止痛藥。他說吃了感覺好一點！

「苗醫生，中醫不准我吃止痛藥，因為這會阻礙腫瘤排毒！」師傅說。

「你怎麼樣可以不吃止痛藥，你痛到淚水都直流！」我說。

結果，師傅堅持不吃！我很痛恨那位中醫，我認為他不近人情。

「我想找師傅！」接電話的是他太太。

「他很痛，又睡不好！甚至痛到想跳樓！」太太說。

「我可探望師傅嗎？」我問。

「可以的，謝謝你！」太太說。

五月我去探了師傅一次。

師傅哭了，因為實在好痛，他辛苦得無力自理。

「我發了一個夢，夢見自己的奬牌給褫奪了，因為我不夠硬淨，要吃止痛藥！」師傅哭著說。

我從未見過他那麼軟弱的一面，因為他一直是我心中的英雄！

我捉著他的手，叫他信靠神！（因為這是我的信仰，而師傅本身沒有特別信仰。）

「耶和華是我的牧者，我必不致缺乏！」我建議師傅聽網上溫偉耀博士的見證講道。

之後的日子，師傅情況好像好了一點。

我為師傅哭了好幾回，病已經夠慘了，還要聽一些「偏方」説不能吃止痛藥。他為了活下去這願望而忍受非人的痛苦。師傅為人那樣好，究竟什麼原因他要受這「不必要的苦難」。

＊　＊　＊

六月份，我又去探他。只見他的情況好壞參半。瘤越來越大，臉色蒼白，但精神好像比之前好一點。

八月份，因為九龍的家要大裝修，我搬到上水的小房子去。

＊　＊　＊

九月份，我和嫂嫂又帶了食物去探望他。兩個多月不見，師傅的腫瘤潰爛流水，如鐘乳岩似的瘤把他的頸一半包住，他的喉嚨也壓到傾向一邊。

那天師傅很健談，看得出他為我們的到訪很開心。

「我最近想了很多事情……」師傅説。

我多麼希望他想到的，是生死的問題。

「究竟是我的腫瘤長大了，還是中藥扶陽令它發大？」師傅説。

我很失望，他好像還很努力去找「偏方」治癌，但看來他已經是很嚴重的末期。他曾經說過他是打不死的：「因為人的意志可以穿透生死。」

這是真的嗎？

「我的眼睛很值錢，因為能分辨到絲毫的色差。」師傅那晚談了他很多往事，特別他過往的輝煌歲月。

「苗醫生，只要過到這一關，我可以活到八十歲。」他又說，那時，他是62歲。

我的心一直納悶，為什麼到了這個階段，師傅好像都未能接受他的重病，和面臨死亡的現實。我相信他的確可以活到八十歲，但是要在病的早期接受適當治療。

師傅之後他打電話給我，詢問我關於他女兒的事，還說希望我能幫助他開一些嗎啡類的止痛藥。於是我找到一個耳鼻喉科專醫生給他，到了這階段，師傅已經痛不欲生了！

之前一直他不肯吃嗎啡止痛藥，因為要保護他的腦袋，那是他最為自豪的。

過了幾天，他給我電話，想到靈實醫院，入紓緩治療科，因為腫瘤實在太痛了。

隔天之後，他又反口拒絕，因為他相信入了醫院，他就是判了死刑。他要等他在 MIT 麻省理工學院交流返港的女兒，那將會是十二月。

我一直對他的決定無可奈何。

九月底，他有一晚喘著氣找我：「苗醫生，我捱不下去了，可以安排我入院嗎？」

我知師傅的性格是不想麻煩別人，這是他在忍無可忍下作出的反常行為。

我一直尊重他，但對於生死，他還是缺乏面對的勇氣，在治病的方向上，還是我行我素，甚至有點兒一廂情願。

幸好我找到當時靈實醫院院長陳健生醫生，我曾約過他做訪問，之後替他寫了一篇他頗為稱心的訪問稿。

那天，紓緩科的護士就立刻家訪師傅，即日把他轉到醫院去。

「苗醫生，多謝你！這幾個月來，我這天感覺良好，痛也好多了！」師傅入了院後打電話給我。

其實他一早就應該接受住院紓緩治療。

之後他又給我電話，因為吃得不好，出不了院。「只要燒退了，吃好一點，我可以出院。」

師傅好希望回家，好希望跟他心愛的女兒相見。之後他過了十多天，出了院。

＊　＊　＊

那是十月，有一天，他太太給我電話，說他入了將軍澳醫院。師傅要求我快快把他轉到靈實醫院去，他不喜歡將軍澳醫院的醫生：「他們態度輕浮。」

晚上十一時，他太太又來電，說他有點心臟病發，詢問我要不要叫女兒回來送別父親。

「說實話，沒有人知道師傅可以撐多久，但換著是我，我會叫孩子回來，因為送爸爸一程，參予死亡過程，是重要的。」我對太太說。

之後師傅轉到靈實醫院，但因為他堅持要到瑪麗醫院做免疫治療，靈實醫院唯有請他先回家去。

免疫治療是他在報章上發現的，並沒有醫生正式建議給他的。

十一月五日，我在聖堂，等著見關神父的時候，師傅給我電話：「苗醫生，我很辛苦，醫生説免疫治療對我來説根本沒有用，今天好像是我最後一天。」

「師傅，返回醫院去吧！我會替你儘可能安排好，由將軍澳醫院轉到靈實。」我安慰他説。

在這之後他已經沒有能力給我電話，他太太告訴我，他做了十次電療，腫瘤細了，但人很辛苦，只有八十五磅。

* * *

我沒有再探望師傅，我覺得他對死亡有種執著，心中有點抗拒。我無辦法讓他認真思考死亡問題，我一向以為「全知」和「料事如神的師傅」，卻不能放下生死。師傅他有的是聰明幹練，通達人情世故。

那段時間，我不時有個影象，師傅爛了一邊頭頸，聲嘶力竭地怒吼：「我不要死！」

12月23日上午，收到太太的電話，師傅凌晨時在睡夢中過世了。

＊　＊　＊

「他那些日子如何？平安嗎？女兒有返港嗎？」我問太太。

「他睡的時間很多，回復BB時一樣，當聽到我的聲音時他好像安心一點！他曾發過兩次脾氣，他的意識有點亂！」

「至於女兒，她將會在明天返港！」太太平靜地說。

我心中納悶，師傅臨死也見不到女兒。

＊　＊　＊

二〇一八年1月13日是師傅的葬禮，我沒有哭，他太太和女兒都沒有。我明白了，當你盡了能力去做了一件事情後，就不帶遺憾。事實上，師傅病了那麼久，對他和其他人來說，死亡都是解脫，而且師傅是在睡夢中安詳過世的。

我找到他的妹妹，跟她了解師傅的彌留狀態。

「他一直不想死，但到了十一月中，他也知道他自己難逃此劫。

「自此他變得意志消沉，由十一月底整整一個月，他整個人都是迷迷糊糊的。直到12月22日過冬那天，他突然自己坐起來要喝湯，之後豎起大拇指稱讚：「好味」。

「他去之前頗為辛苦，因為他掛念還未返港的女兒。」

＊　＊　＊

師傅好像是跟在死神摔跤，而他輸了，total loss, defeated，但那好像是自我的死亡（ego death）。他是一個好人，生前比好多人都正直。但他的臨終有許多痛苦、遺憾。我不明為什麼他要承受這樣的事情。

有什麼是死都帶不走？在世上我們如何面對死亡？我真的很希望知道。

看到師傅的死，我實行「以終為始」的思考：我今後應該如何去活，以致臨終時我可以死得無憾？原來否定靈魂的存在，和沒有來生的盼望是一件很慘的事。因為死亡可以很狂傲，把你徹底擊倒，消滅。死亡是燈滅，一切都止息。死亡將不再是生命另一個階段的開始。

＊　＊　＊

我對死亡想了一段時間：

・死亡面前一切平等，人人皆有一死，生命長短在宇宙看起來，都是彈指之間的事。

．死亡就是回到出生以前的狀態，歸回原點，這也是莊子在妻子死亡時，反而能擊鼓而歌的超然態度。

．永生其實是不可取的，日光之下無新事，不斷重複又重複，這將會比死更難受。

．盡人事聽天命，死亡屬於天命，只可以要順從，在生時要在人世間，做好天命想你做的事。

．死亡其實是進入到一種境界，個體和宇宙合一，從而融通生死，達到不朽。莊子《逍遙游》裡的「與天地精神往來，與造物者游」就是這樣一種狀態。

．倪匡是基督徒，相信「靈魂不死」，相信死後有永生。

．至於佛教，則是要「破除我執」，「我執」就是誤以為自己有一個內在的自我，並執著於這個自我。破除我執，其實沒有生，也沒有死，即是不生不滅，就能解脫生死。

倪匡曾用「七八十年皓皓粼粼無為日，五六千萬炎炎詹詹荒唐言」來形容自己一生。他解釋其中含意，意指活了80多年只求開心過日子。

「你們不要為我的死亡傷心，只要記得我的好，忘記我的不好！」倪匡如是說。

倪匡前輩，你的雋智、幽默、智慧、笑聲，會伴隨著你的粉絲和讀者，多謝你用「生命說話」。哈哈哈哈！

倪匡與衛斯理的科幻世界

倪匡：「靈魂」就是記憶模組的腦電波

我想先說說鬼魂。

「鬼魂」是一個神秘的概念，它很引人入勝。我小時候最愛收聽的廣播節目，就是佘過的四人夜話。我邊聽邊捉住媽媽雙腳（媽媽和弟弟一起睡，我橫躺在他們腳下），一頭鑽進被窩，不敢把雙腳伸出床外，怕被鬼抓到雙腳。

「鬼神」好像只存在於民間傳說中，對於科學來說，鬼魂像是一種迷信，不符合科學規律。

那麼鬼魂是否真實存在呢？若鬼魂的存在能夠被證實，人類的生活會發生什麼改變？

＊　＊　＊

「媽媽，我今天和 Peter 到停車場拿單車，怎料 Peter 臉色大變！

「Peter 面青口唇白，叫我不要作聲，之後就用手劃著十字架祈禱。」兒子說。

原來 Peter 見到幾隻鬼，都是男性。

「騎完單車後，我們把車泊回停車場，Peter 又是叫我不要作聲，為我們祈禱。Peter 說，這是另外一些男性鬼魂。」

我至今未曾經親身遇過「鬼魂」，可是我見過好像「鬼上身」的病人。

這個曾經是我的病人，姑且叫她做 Lisa。她是有著自戀和邊緣人格的病人，有一天，她突然變了面，用一把粗啞的聲音大聲咆哮，還不斷用手敲打牆壁，我真是怕她會把我診所的牆壁打穿。但她整個人好像進入了另一個「結界」，絲毫沒有理會我的勸阻。這樣過了一陣子，她突然清醒過來，好像未曾發生過任何事一樣。

我心中想，她是否患上解離性身分障礙（Dissociative identity disorder DID），以前稱為多重人格障礙。其特徵是解離性失憶（dissociative amnesia）和身份認同轉變（identity alteration），患者出現兩個以上明顯不同的身份或人格部份，就有如「在一個身體裡住著不同的人」。

解離性身分障礙很難診斷，至今我只能確認兩個患有 DID 的人。其中一個第一次見我時，滿身刀傷，她自己說：「這個人住在我裏面，把我砍成這樣！」

病人對我說：「我入面住了七個人。他們有時會一起討論問題。」

另一個人則是患上嚴重創傷後壓力症候群的年輕女子，她被人虐打強姦，經常陷入解離狀態。

有一天，她突然跟我侃侃而談，表現輕鬆幽默，跟她之前欲言又止，沉默寡言的表現大相逕庭。

「我這次才是真正與你交談！」她說。

在下一次的會談中，她又突然對我說：「我好像像一架車，上邊載着好多人，但是司機的位置是空着的，有點不知所措！」跟住她又對我說：「我有時覺得自己好像看著另一個自己在生活。

「我時不時我會被另一個人物去 take over ！」女子說

「Watch over, take over ，車子戴著好多人……」我靈機一觸，找到她的朋友細問，女孩的表現有時很奇怪，簡直撲朔迷離。

「她有時連自己到過哪些地方也不知道！」朋友說。

話說回頭，其實我也曾懷疑 Lisa 是否鬼上身。Lisa 為人自私，愛說謊，丈夫被她操控得死去活來。當我年紀很小的時候，在教會曾經看過一本書叫做《鬼附與精神病》的書。我懷疑 Lisa 被鬼附。聖經上耶穌也經常趕鬼，有一次，祂把鬼由一個人趕到一群豬上，後來這群豬就淹死在河裏。

＊ ＊ ＊

我相信有「鬼魂」，很早就拜讀過何文匯先生的大作《人鬼神》，這本書真是經典！

何文匯先生是大學教授，語言學者。他早年出版的《人鬼神》是一本講鬼故事的書，當中他提到有些鬼是幫助你的，有些是「冤鬼」，希望你能為他們申冤。何教授深入淺出地闡釋鬼神和生死等神秘問題，開闊讀者的視野。

因為人都對鬼神充滿神秘感，所以《人鬼神》在 1882 年面世時，一星期內便賣出兩版，可見受歡迎的程度。賣出第十四版後，這本書便斷版十多年。直到 2007 年適值《人鬼神》面世二十五週年，出版社把書重新排印出版，讓新一代的讀者可以擴闊視野。

我就是在 2007 年買了這書來拜讀。

這本書分為兩部分，第一部是由幾個不同的話題組成，包括「鬼話連篇」、「人類的天性——迷信」、「迷信的典型——宗教」、「不要妄想改變命運」、「生不如死？」。

何博士一開始就「鬼話連篇」，他敘述身邊朋友遇見鬼魂的親身經歷，寫來歷歷在目。

第二部分何教授闡述自己是怎樣用《易經》占卦。

何博士精研《周易》，師承已故國學大師陳湛銓教授，曾在美國威斯康辛大學開設《易經》課程，聽者如雲。

書中博士詳細地介紹了用蓍草演卦的過程，他又介紹用搖銅錢起卦的簡單方法。

接著，何博士在第二部份介紹如何運用《易經》占卦和解卦，其中有一個卦例是這樣的。

有一天，一位女學生來求問一位快要臨盆的女友人，母子是否平安。

當時得《渙》之《蒙》，即《渙》卦五爻動，變作《蒙》卦。

對於這卦象，作者作出這樣的解釋：《渙》卦之九五爻辭為「渙汗其大號。渙，王居無咎。」

他就此而斷定那位要分娩的母親，生產時必定揮汗如雨，痛苦萬分，不過幸好是九五爻動，有王者之象，所以應該有驚無險，母子可得平安。

為何會母子平安呢？這是因為《渙》變作《蒙》，《蒙》本身就有童蒙之象。

結果怎樣呢？原來那位母親有點難產，孩子是雙腳先出，分娩過程異常困難。我目睹過一位母親因為孩子雙腳先出，頭部卡住而缺氧。這是非常危險的事情，幸好最終都母子平安。

作者依據卦爻辭所作的推斷，就好像親眼目睹一樣，你說易卜是否很神奇？因為看過了這本書，我就在2015年開始跟岑逸飛老師學易經，直到今天。

我在2009年，也因為對事業的迷惘，而卜出「水山蹇」卦。

蹇：代表寒足之意，主凶象；四大難卦（屯、困、蹇、坎）中的第三卦。蹇卦代表冰天雪地中赤足而行，表示現在處境多麼的艱辛困苦，所以應該不再有任何幻想，要自己努力，硬撐到底。當時心中感到很是無奈，但我相信終有一天有否極泰來的時刻。

因為卜出這卦，我頭也不回地離開了醫管局。說實話，私人執業最初幾年極為辛苦，不過只要不放棄，還是可以生存下來。

＊　＊　＊

倪匡曾經遇上不少靈異事件。

「要談靈界的事，自然不能避開靈魂。靈魂可稱為鬼、鬼魂等，三個名詞是等同的。靈魂是一種存在？一種現象？一種能量？還是一種力量？這些都值得商榷。不過首先我們必須先承認確有靈魂的存在，若不從根本上承認，也就不用說下去。

「怎樣證明靈魂存在呢？就要設法同靈魂溝通，即是『通靈』，通靈有好多種形式，有簡單有複雜。」倪匡說。

倪匡認為靈魂是一種能量，是腦部細胞經過生活不斷活動，產生和累積的能量，當肉體寂滅之後，這股能量仍然不滅，這就是靈魂。

我們身邊充滿著鬼，揮揮手就可能驚動了成千上萬個鬼。不過當靈魂未和人的腦部發生作用時，怎樣也覺不出來，但靈魂在某種情形下，會和人的腦部偶然地發生關係，令人看到鬼、聽到鬼、摸到鬼。

若是鬼魂真的存在，它是什麼構成是的？極有可能這種構成靈魂的物質，不是人類可見的。因為靈魂是我們看不見、聽不到、摸不著的。

科學家一直在尋找探索的暗物質（dark matter）、暗能量（dark energy），它們是真實存在於宇宙之中，在所有物質中，佔了七成都是暗物質、暗能量，它們影響著宇宙的發展和穩定。這些暗物質大量地存在於宇宙每一角落，就像粘合劑一樣，使各種物質粘合在一起，保證了宇宙星系的穩定運行。

至於暗能量更是宇宙的主要組成部分，宇宙空間的膨脹有可能就是暗能量主導的。儘管種種的宇宙現象都證實了暗物質和暗能量的存在，可是它們是不可見的，我們也沒有真正量度得到暗物質和暗能量這種「隱形」的存在。暗物質和暗能量跟靈魂有許多相似之處，甚至有人大膽猜測，靈魂就是人類看不到的暗物質和暗能量構成的。

而靈魂就是存在著由暗物質和暗能量組成的暗宇宙中。暗宇宙就是陰間。

倪匡雖然是基督徒，但他有說過靈魂和輪迴的關係：那就是嬰兒一出世，只要是腦部組織發育完全，就可以受靈魂影響（進入），那就是輪迴。

我是相信輪迴的。

我很喜歡看 Spain Got Talent 節目中的兩歲鼓手 Hugo Molina 表演，他充滿童真，打起鼓來卻一本正經，雖然有時會望望旁邊的爸爸，和用手去搔抓耳朵，但他從未跟失一個拍子。兩歲孩子小肌肉怎可能如此發達，他打鼓是出神入化的，他的前世就是一位出色的鼓手！

啊，還有三歲的 DJ Arch Junior，他在 Got Talent Global，當我看他們熟練地按這個鈕那個掣時，我極之相信他的前世就是一個出色 DJ，是前世靈魂把這方面的記憶模組進入了這些小孩的腦袋。

* * *

《死過一次才學會愛》的作者艾妮塔穆札尼（Anita Moorjanig）在 2006 年 2 月 2 日，經歷了瀕死體驗：

「這一天我『死』了……

「天啊！這種感覺真舒服！我自在又輕盈！為什麼我的身體不再感到疼痛？為什麼周圍的事物都離我越來越遠？可是我一點也不害怕！我居然無所畏懼了！」

Anita在被送往醫院的途中，感受到身旁的世界開始變得如夢似幻，意識漸漸遠離，她已進入昏迷狀態。

「雖然陷入嚴重的昏迷，我卻很清楚周遭發生了什麼事情：家人將我緊急送醫途中焦急及激動；腫瘤科醫生一見到我時臉上露出震驚的神色。

她告訴我的丈夫：『雖然病人的心臟還在跳動，但是她已經失去意識了。她的情況已經不能挽救了！』

我心想：醫生在説什麼？我這輩子從來沒覺得這麼放鬆舒服過！媽媽和丈夫看起來又害怕又擔心？哎呀，別哭了！我很好，真的。

我以為自己正在大聲説話，但原來我發不出任何聲音。

我想抱抱母親，但是安我為什麼做不到。

我看見自己的身體躺在床上。

我現在不需要坐輪椅了，而且可以來去自如，我也不用靠氧氣瓶呼吸。我皮膚上的爛瘡也消失了！告別了四年被癌症折磨到痛苦不堪的生活後，我終於痊癒了！

我處在一種純粹的喜樂狀態之中，飽受癌症蹂躪的身體不再有痛苦。

我的折磨終於結束，家人的折磨也結束了！

『求求你，一定還有辦法。』丈夫和我母親繼續懇求著醫生。

『她只剩下幾個小時的生命了。』醫生解釋：『你們的醫生為什麼不早點送她來這裡？她的器官衰竭，才會陷入昏迷。到了這個階段，任何藥物對她的身體來說都會因為毒性太強而致命，因為她的器官已經無法正常運作！』

『但是我絕不放棄！』丈夫說，他緊緊握住我無力的手，他的聲音裡滿是痛苦與無助。

不知道為什麼，我異常地敏感，可以感受每個人的情緒，感受到他們的恐懼、焦慮、無助和絕望，他們的情緒好像就是我的情緒。我與他們合而為一。

與此同時，我感受到一股力量正在把我拉走，前面將有更偉大的計劃，一切是如此完美，我對俗世的眷戀也慢慢消失。

是的，我真的快死了。

原來這就是瀕臨死亡的感覺！寧靜、安詳，除此之外，沒有別的。原來就算軀體停止運作，偉大的生命的織錦依然進行，我們永遠不會真正死去。

我對身旁的情況瞭若指掌，我看到醫療人員把我推入加護病房。

他們把我團團圍住，在我身上接上機器，又是打針又是插管。

病床上那具了無生氣的軀體，跟我好像毫無關係，它看起來太卑微，並不足以承受我全然的無拘無束的喜悅。我被一種既純粹又無條件的愛環抱著，這份愛超越人間的所有愛。

我沐浴在這股愛的能量中，覺得煥然一新，那是一種回家的感覺，我終於回家了。」

Anita 是住在香港的印度裔女子，2002 年時，她確診罹患了末期的淋巴癌，於是 **Anita** 辭去工作，專心抗癌。在之後的四年，她讀遍了各種討論癌症的書籍；

還遠赴印度和中國，向佛教僧侶、印度瑜伽老師尋求療癒之道；她也嘗試過信心療法、印度阿育吠陀療法、中醫草藥、西方自然療法等。可惜的是，她的努力白費心機，她的病情持續惡化，癌症正在破壞她身體每一個器官。

就在2006年的2月2日，她因為多個器官衰竭而陷入昏迷，經醫生搶救後，即將宣布不治。

「就在急救的過程中，我去到了一個無時間性的世界，原來我與宇宙萬物是一體的，我全然被無條件的愛包圍，這裡沒有眼淚，沒有痛苦。

「在我的自由意志下，我選擇了重返人世，就在我的靈魂再度回到身體之中，末期癌症竟在三天內奇蹟般不藥而癒……全身找不到一個癌細胞。

「我發現當我能夠放手，當我能夠拋開我相信與不相信的事情，當我能夠打開自己接受所有可能的時候，才能變成最強的自己。

以前的我總是在追尋，覺得自己必須去做、去爭取、去達成什麼事。但是追尋其實源於恐懼、缺乏安全感。現在我不再強求什麼，就是讓事情自然發生，因為我已經得到了無條件的愛。」

Anita 這本書讓無數人得到療癒：愛自己，放下自己的執著，相信愛的力量。我讀過這書的英文版（Dying to be me），還買了幾本中文版送給人看，不少人從書中得到啟發，也令一些人克服了死亡焦慮。

*　　*　　*

倪匡也有過遇鬼經歷。

「那天晚上接近午夜正準備睡覺，忽然查良鏞先生打電話來，約我出去玩啤，玩的是沙蟹。我帶了啤牌和籌碼，我和查生查太，加上董千里，一共四個人。

那時查良鏞住在九龍，但在黃泥涌道跑馬地墳場對面租了一個單位，方便到報館工作。每人先派籌碼 200 元，大家說說笑笑，只是那副牌越派越怪，什麼四條、同花順竟然屢屢遇到。

到了凌晨三時許，因為我的賭品不好，所以一面數著眼前有限的籌碼，一面發牢騷：『真倒楣半夜三更被人叫來來輸錢！』查太出言安慰：『我也輸了！』原來查先生也輸了，那麼自然是董千里先生一個人獨贏。大家的目光集中在董千里上，而他竟然說：『我也輸了。』

大家一數，各人的籌碼果然不足200元，每個人都輸了，這沒有可能。再數了三四遍，各人沉默不言，大家加起來只有600元，整整200元去了哪裡？

這時查先生和董千里已經站在一邊，查太和我還坐著。查太說一定是倪匡把籌碼收下來。這時我一眼瞥見，就在查先生和董千里先生之間還有一個人在。我記得那個人穿灰色唐裝，一手放在上衣的袋中，很普通的樣子，正在陰笑。『你的籌碼還沒有拿出來數！』我對他說。『你在胡說八道什麼？你真是活見鬼！』董千里說。這男人一剎那又消失了，這時再數一次籌碼，剛好800元，全部都對了。

「四個人玩得起勁，興致勃勃四個人的腦部產生了一種力量，感應了其中一個好賭的鬼魂。而這個人反過來感應四個人的腦部活動，使四個人計數時出錯，再來感染了我的視覺神經，使我看到了這貪玩的鬼魂。」倪匡說。

「我以前收藏的貝殼，放到另一間租房子中，這房子也是我的書房。業主是一個西醫，他收租時都會上來坐坐。

那醫生因為股票大瀉，而非常沮喪，經常唉聲嘆氣，倪匡屢勸不果。那醫生後來極有可能因抑鬱症而自殺。不過之後那房子充滿怪聲，倪匡又時不時莫明奇妙地弄傷身體。「鬼魂要惡作劇起來，真是麻煩，」倪匡說。

＊　＊　＊

如果靈魂真的存在，我們就不需要畏懼死亡！因為死亡只是另一段人生的開始，我們的肉身如穿著舊了的衣服一樣，要更新一下，只是我們的核心靈瑰還在，便會綿綿無絕。這會大大減輕我們的存在焦慮，而靈魂這回事，對我們今生的所作所為，也有一定的警惕和規範作用。

在2021年尾，媽媽在疫情期間患上急性腦中風，不到兩個星期就安詳辭世。當我看著病床上的她時，感到她的肉身真是千瘡百孔：她患上擴散了的胃癌，卻沒有做化療電療。她整個人是珠圓肉潤的。她一生充滿苦難，到了老年，她是極有尊嚴地走到生命盡頭。媽媽中風前剛剛織好了一件毛衣，要送給朋友孫子，翌日就中了風，安詳地睡在床上。

「媽媽，你要換件衣服了！換件又新又正的！」我對她說。我深信她彌留時的靈魂一定會聽到我的說話。

「我只會想起你的好，你性格上的弱點，我全部忘了！」我對她說。

＊　＊　＊

我寫這篇文章時，也是記著倪匡生前的好，因為他的任何不好在我看來都是好的。我對倪匡的靈魂說：「我要寫你啊，你也來幫我一把吧！倪匡前輩。」

今早當我去找他那本再版的《倪匡談命運》作參考時，一大堆亂七八糟的書中，我一眼就瞥就見這本書。

我相信倪匡先生的靈魂是聽到我的心聲的。

Anita Moorjani 艾妮塔・穆札尼 談瀕死的啟示

笑忘生死

作　者：Dr May Miao 苗延琼醫生

出　　版：真源有限公司

地　　址： 香港柴灣豐業街 12 號啟力工業中心 A 座 19 樓 9 室

電　　話：（八五二）三六二零 三一一六

發　　行：一代匯集

地　　址：香港九龍大角咀塘尾道 64 號龍駒企業大廈 10 字樓 B 及 D 室

電　　話：（八五二）二七八三 八一零二

印　　刷：美雅印刷製本有限公司

初　　版：二零二三年五月

如有破損或裝訂錯誤，請寄回本社更換。

PRINTED IN HONG KONG

ISBN：978-988-76535-1-6